Ernest Miller Hemingway
(1899. 7. 21 ~ 1961. 7. 2)

버금세계명작시리즈

살면서 꼭 읽어야 할
노인과 바다

어니스트 헤밍웨이 / 북러버 옮김

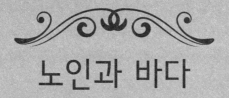

노인과 바다

목차

찰리 스크리브너와 맥스 퍼킨스에게

멕시코 만류에서 조각배를 타고 홀로 고기잡이를 하는 노인이 있었다. 그 노인은 한 마리의 고기도 잡지 못한 채 오늘까지 벌써 84일째였다. 처음 40일 동안은 한 소년이 노인과 함께 있었다. 그러나 40일이 지나도록 한 마리의 고기도 낚지 못하자, 소년의 부모는 소년에게, 노인은 이제 결정적으로 '살라오'의 상태에 이르렀다고 했다. 살라오란 스페인어로 최악의 불운한 상태에 빠졌음을 나타내는 말이다. 그래서 소년은 부모의 말에 따라 다른 배를 타고 고기잡이를 나갔다. 소년이 탄 배는 첫째 주에 제법 큼직한 물고기를 세 마리나 낚을 수 있었다. 노인이 날마다 빈 배로 돌아오는 모습은 소년을 슬프게 했다. 그래서 소년은 항상 바닷가로 내려가 노인이 둘둘 감은 낚싯줄이며 갈고리와 작살이랑 돛대에 휘감아 놓은 돛을 나르는 것을 도와주곤 했다. 돛은 밀가루 부대로 여러 군데 기워 만든 것이었는데, 돛대에 둘둘 감겨 있는 꼴은 마치 영원한 패배의 깃발같이 보였다.

노인은 몸이 야위었고 목덜미는 깊은 주름살이 패여 수척한 사람이었다. 그의 뺨에는 강한 태양이 열대지방의 바다에 반사되어 생기는 양성 피부암의 갈색 반점들이 있었다. 그 반점들은 얼굴 양쪽 아래까지 번져 있었다. 그리고 두 손은 낚싯줄에 걸린 큰 물고기들을 다루느라 생긴 깊은 상처 자국이 박혀 있었다. 그러나 이 상처들은 최근에 생긴 것은 아니었다. 상처들은 물고기를 찾을 수 없는 사막의 침식 지형처럼 오래된 것이었다.

노인을 둘러싸고 있는 모든 것이 늙거나 낡아 있었다. 하지만 두 눈만은 그렇지 않았다. 바다와 똑같은 빛깔의 파란 두 눈은 여전히 생기와 불굴의 의지로 빛나고 있었다.

"산티아고 할아버지"

조각배를 끌어 올려놓고 둑으로 올라가면서 소년은 노인에게 말했다.

"저는 다시 할아버지와 함께 배를 탔으면 해요. 그간에 돈 좀 벌었거든요."

노인은 소년에게 고기 잡는 법을 가르쳐 주었고, 그래서 소년은 노인을 좋아했다.

"안 돼."

노인은 계속 말을 이었다.

"너는 운이 좋은 배를 타고 있으니까 그냥 그 배를 계속 타거라."

"하지만 할아버지, 우리가 87일 동안 고기 한 마리도 잡지 못하다가 그 후 내리 3주 동안 매일 큰 놈을 잡은 걸 기억하시죠?"

"그럼, 기억하고 있지."

노인은 조용히 말했다.

"네가 다른 배를 타는 것은 내 실력을 의심해서

떠난 게 아니라는 것을 알고 있단다."

"할아버지 곁을 떠나게 한 건 아빠 때문이에요. 저는 나이가 어려서 아빠 말씀에 따라야 하거든요."

"알고 있단다."

노인이 고개를 끄덕이며 말을 이었다.

"그건 당연한 일이지."

"아빠는 믿음이 별로 없거든요."

"그래."

노인이 소년을 바라보면서 눈을 끔벅였다.

"그러나 우리에겐 믿음이 있어, 안 그러니?"

"네, 그럼요."

소년은 맞장구를 치며 말했다.

"제가 테라스에서 맥주 한잔 대접하고 싶어요. 그리고 나서 고기잡이 도구들을 집으로 나르도록 하지요."

"좋지."

노인은 즐거운 듯 고개를 끄덕이며 말했다.

"우린 같은 고기잡이인데 못 마실 것도 없지."

노인과 소년은 테라스에 가서 자리에 앉았다. 주변

에 있던 어부들이 노인을 놀렸지만, 그는 조금도 화를 내지 않았다. 그들 중 노인보다 나이 많은 어부들은 그를 바라보며 안쓰러워했다. 그들은 겉으로 내색하지 않고 조류가 어떻고, 낚싯줄을 얼마나 깊이 내렸다든가, 날씨가 얼마나 고르고 좋은지, 또 자신들이 겪었던 일에 대해서 조용히 이야기를 나누고 있었다. 그날 고기를 많이 잡은 어부들은 벌써 돌아와서 잡아 온 청새치를 칼질해 내장을 긁어내고 두 개의 판자 위에 길게 펼쳐 놓은 채, 두 남자가 각각 판자 양 끝에 매달려 어류 저장고로 운반해 갔다. 이곳에서 그들은 아바나 시장으로 이 고기들을 싣고 갈 냉동 트럭을 기다리는 것이었다. 상어를 잡은 어부들은 잡은 고기들을 항만 맞은편에 있는 상어 처리 공장으로 운반했다. 상어 처리 공장으로 옮겨진 고기들은 도르래와 밧줄로 매달아 놓고, 간을 꺼내고 지느러미를 자르고 껍질을 벗긴 다음 소금에 절이기 위해 살을 토막 내고 있었다.

 바람이 동쪽에서 불면 상어 처리 공장으로부터 항구를 가로질러 냄새가 물씬 풍겨왔다. 하지만 오늘은 바람이 북쪽으로 방향을 돌렸다가 그치고 말았기 때문에 냄새가 나는 듯 마는 듯했다. 마침 테라스 식당에는 햇빛이 밝게 비치고 있었다.

"산티아고 할아버지."

소년이 노인을 불렀다.

"응."

노인이 대답했다. 그는 맥주잔을 손에 든 채 지난 옛날을 회상하던 참이었다.

"할아버지께서 내일 쓰실 정어리 좀 구해 드릴까요?"

"그만두거라. 가서 야구나 하고 놀아라. 아직은 나 혼자 노를 저을 수 있고, 로헬리오가 그물은 쳐줄 테니 걱정할 것 없단다."

"그래도 꼭 그렇게 하고 싶어요. 할아버지와 함께 고기잡이하러 가지 못하는 대신 도와드리고 싶어요."

"나에게 벌써 맥주 한잔 샀잖니?"

노인은 고개를 저으며 말했다.

"너도 이제 어른이 다 되었구나."

"할아버지께서 저를 처음 배에 태워 주셨을 때가 몇 살이었죠?"

"다섯 살 때였지. 너 그때 하마터면 죽을 뻔했어. 내가 정말 싱싱하고 큰 놈을 끌어 올렸는데 어찌나 퍼덕였던지 배가 박살이 날 지경이었으니까. 너 생각나니?"

"그럼요. 그놈이 어찌나 퍼덕이던지 배의 널빤지가 부서지고 할아버지가 곤봉으로 후려갈기던 소리가 아직도 귀에 쟁쟁한걸요. 할아버지가 그때 저를 젖은 낚싯줄 뭉치가 있는 뱃머리로 내던진 일이며, 배 전체가 흔들리고, 할아버지께서 마치 도끼로 나무를 찍듯이 그놈을 내리치던 소리와 들큼한 피 냄새가 확 풍기던 것도 눈에 선한걸요."

"정말 그때 일을 기억하는 거니, 아니면 내가 나중에 들려준 이야기를 기억하는 거니?"

"할아버지와 함께한 일은 처음부터 쭉 기억하는걸요."

노인은 햇볕에 탄 얼굴을 들어 애정과 신뢰가 담긴 눈으로 소년을 바라보았다.

"네가 내 아들이라면 데리고 나가 모험을 해 볼 텐데."

노인의 모습은 무언가 아쉬운 듯 쓸쓸해 보였다.

"그러나 너는 네 아버지의 아들이고 또 네 어머니의 아들이지. 또 지금은 운수 좋은 배를 타고 있으니 어림없겠지."

"정어리를 좀 구해 드릴까요? 미끼 네 개쯤은 구해 드릴 수 있어요."

"오늘 쓰고 남은 것들이 있어. 소금에 절여 통 속에 넣어 두었단다."

"싱싱한 걸로 네 마리 구해 드릴게요."

"그럼, 하나만 구해 오렴"

노인은 그렇게 말했다. 지금까지 희망과 자신감이 노인의 마음속에서 한 번도 떠나 본 적이 없었다. 그 희망과 자신감은 마치 미풍이 일 듯 되살아나고 있었다.

"그럼 두 마리만 가져다드릴게요."

소년은 고집을 부리며 말했다.

"그래, 두 마리만 가져오너라."

마침내 노인은 웃으며 동의했다.

"너 훔친 건 아니지?"

"그럴 수도 있어요."

소년은 자랑스럽게 웃으며 말했다.

"그렇지만 그것은 제가 산 거예요."

"고맙다."

노인은 고개를 끄덕이며 말했다. 노인은 워낙 단순한 성품이어서 일단 양보를 한 뒤에는 따지는 일이 없었다. 그러나 노인은 자신이 양보했다는 것을 알고 있었고, 그것이 창피한 일도 진정한 자부심을 해치는 일도 아님을 알고 있었다.

"조류가 이대로 이어진다면 내일은 날씨가 좋겠는걸."

노인은 내일 고기잡이에 대해 생각하며 말했다.

"어디까지 나가실 건데요?"

소년이 물었다.

"바람이 바뀌면 돌아올 수 있는 범위 내에서 최대한 멀리 나갈 거야. 내일 동이 트기 전에 나갈 참이다."

"저도 주인아저씨에게 멀리 나가자고 해 보겠어요."

소년은 다짐하듯 말했다.

"그래야 할아버지가 정말로 큰 놈을 잡게 되면 우리가 가서 도와드릴 수 있잖아요."

"그 사람은 너무 멀리까지 나가는 것을 싫어할걸."

"그래요. 할아버지 말이 맞아요."

소년은 할아버지 말에 맞장구를 쳤다.

"그래도 새가 사냥하는 것을 봤다든지, 아저씨가 보지 못한 것을 봤다고 해서 만새기(온대 및 열대 해역에 사는 농어목 만새기과의 바닷물고기.) 뒤를 쫓아 나가자고 멀리 끌고 나갈 작정이에요."

"네 주인의 눈이 그렇게 나쁘니?"

"거의 장님이나 마찬가지예요."

"거 참 이상한 일이다."

노인은 고개를 갸우뚱했다.

"그 사람은 거북잡이를 한 번도 나가지 않았을 텐데. 거북잡이를 하면 눈이 망가지는 법이지."

"하지만 할아버지는 몇 해 동안 모스키티아 해안

18

(중앙아메리카 니카라과의 동부 해안.)으로 거북이를 잡으러 나가셨잖아요. 그런데도 할아버지 눈은 좋잖아요."

"나야 원래 별난 늙은이지."

"참, 할아버지, 정말 큰 고기가 물려도 이겨낼 만한 힘은 있으세요?"

"그럴 게다. 그리고 여러 가지 묘책이 있잖니."

"이제 이것들을 집으로 나르지요."

소년이 말했다.

"저는 투망을 가지고 정어리를 잡으러 나가야 하거든요."

노인과 소년은 배에서 고기잡이 도구를 집어들었다. 노인은 어깨에 돛대를 메고, 소년은 단단히 꼰 낚싯줄을 감아서 넣은 나무 궤짝과 갈고리와 창이 달린 작살을 날랐다. 미끼로 쓸 고기가 든 통은 큰 고기가 걸렸을 경우 배 위로 쉽게 끌어올리기 위해 고기를 제압하는데 사용하는 몽둥이와 함께 뱃고물 널빤지 밑에 넣어 두었다. 누구도 노인의 물건을 훔쳐 갈 리는 없었지만, 돛과 굵은 밧줄은 이슬을 맞으면 좋지 않으므로 집으로 가져가는 편이 나았다. 그 지방 사람들은 자신의 물건을 훔쳐 갈 사람은 아무도 없을 것이라는 사실을 알고 있으면서도 갈고리나 작살을 배에 놓아두면 괜한 유혹을 불러일으키는 짓이라고 생각했다.

그들은 노인이 사는 오두막집으로 걸어 올라가서 열린 문으로 들어갔다. 노인은 우선 돛으로 감싼 돛대를 벽에 기대어 놓았고, 소년은 궤짝과 다른 도구들을 옆에 내려놓았다. 돛대는 오두막집의 단칸방 길이만 했다. 오두막집은 '구아노'라고 하는 종려나무의 단단한 껍질로 만든 것이었는데, 방에는 침대, 테이블, 의자가 각각 하나씩 있었으며, 진흙 바닥 위에 숯불로 음식을 만들 수 있는 아궁이가 있었다. 섬유가 질긴 구아노 잎을 겹쳐서 반반하게 만든 갈색 벽에는 예수 성심 채색화와 코브레 사당의 성모 마리아 상이 걸려 있었다. 이것들은 죽은 아내의 유품들이었다. 전에는 아내의 컬러 사진도 벽에 걸려 있었지만, 죽은 아내의 사진을 바라볼 때마다 너무도 울적한 생각이 들어 그것을 떼어내 방구석 선

반 위에 있는 깨끗한 셔츠 밑에 넣어 두었다.

"뭐 드실 게 있으세요?"

소년이 물었다.

"누런 쌀밥과 생선이 있어. 너도 좀 먹을래?"

"아니요. 집에 가서 먹겠어요. 불을 피워 드릴까요?"

"아니다. 나중에 내가 피우마. 귀찮으면 찬밥 먹어도 되니까."

"제가 투망을 좀 가져가도 될까요?"

"그럼."

사실 노인에게는 투망이 없었다. 소년은 노인이 그것을 언제 팔았는지 모두 기억하고 있었다. 그러나 그들은 매일 이런 이야기를 주고받는 것이었다. 누런 쌀밥과 생선도 없었다. 소년은 이 사실도 잘 알고 있었다.

"85는 운수 좋은 숫자란다."

노인은 소년을 바라보며 잠시 머뭇거리다 입을 열었다.

"내가 내장을 빼고도 500킬로그램이 넘는 놈을

잡아 오면 좋겠지?"

"저는 투망을 가지고 정어리를 잡으러 가겠어요. 할아버지는 문간에 앉아 햇볕이나 쬐고 계세요."

"그래. 어제 신문이 있으니까, 야구 기사라도 읽고 있으마."

소년은 노인이 어제 신문이라고 한 것도 사실인지 아닌지 알 수 없었다. 그러나 노인은 침대 밑에서 신문을 꺼내는 것이었다.

"보데가(식료품점 혹인 주점을 뜻하는 스페인어.)에서 페리코가 주더구나."

노인은 소년의 의아한 표정을 살피며 설명했다.

"정어리를 잡으면 바로 돌아오겠어요. 할아버지 것하고 내 것을 같이 얼음에 채워 놓았다가 아침에 나누면 돼요. 돌아오면 야구 이야기나 해 주세요."

"양키스가 질 리가 없어."

"그래도 클리블랜드 인디언스도 만만치 않을걸요."

"얘야, 양키스를 믿어라. 훌륭한 디마지오 선수(1936년부터 1951년까지 뉴욕 양키스에서 활약한 프로야구 선수.)가 있잖니."

"디트로이트 타이거스와 클리블랜드 인디언스도 만만치가 않거든요."

"그렇다면 신시내티 레즈와 시카고 화이트 삭스도 만만치 않다고 봐야겠지."

"잘 읽어 두셨다가 제가 돌아오거든 얘기해 주세요."

"그런데 말이야, 끝자리가 85인 복권을 한 장 사는 게 어떻겠니? 내일이 85일째 되는 날이거든."

"살 수 있고 말고요."

소년이 고개를 끄덕이며 말했다.

"그렇지만 할아버지의 위대한 기록인 87은 어때요."

"그런 일은 두 번 다시 일어나지 않을 거야. 85로 끝나는 걸 찾을 수 있겠니?"

"바로 그걸로 한 장 주문하지요."

"그래, 한 장만 사자. 2달러 50센트야. 근데 누구에게 그 돈을 빌리지?"

"문제없어요. 2달러 50센트 정도야 언제든지 빌릴 수 있어요."

"어쩌면 나도 빌릴 수 있을 것 같다. 하지만 나는 돈을 빌리는 일은 안 하려고 해. 한번 빌기 시작하면 그다음엔 구걸하게 되거든."

"몸이나 따뜻하게 해 두세요."

소년은 걱정스러운 듯 말했다.

"9월이라는 걸 아셔야 해요."

"큰 고기가 걸리는 계절이지."

노인은 소년의 말에 맞장구를 쳤다.

"5월에는 누구나 다 어부가 될 수 있지."

"이제 정어리를 구하러 가겠어요."

소년은 말했다.

소년이 돌아와 보니, 노인은 의자에 앉은 채 잠들어 있었고 해는 이미 져 있었다. 소년은 낡은 군용 담요를 침대에서 가져다 의자 등받이에 펴서 노인의 어깨에 덮어주었다. 그 어깨는 무척 늙어 보였지만 아직도 힘이 있는 이상한 어깨였다. 목덜미도 아직 튼튼하고, 노인이 잠들어 앞으로 고개를 숙이고 있을 때는 주름살도 그다지 뚜렷하게 드러나 보이지 않았다. 셔츠는 너무 여러 번 누덕누덕 기워서 마치 돛과 같았고, 기운 조각들이 햇볕에 바래서 여러 가지 색깔로 퇴색되어 있었다. 노인의 머리는 백발이었으며, 눈을 감은 얼굴에는 생기라곤 찾을 길이 없었다. 신문이 무릎 위에 펼쳐져 있었는데, 노인의 팔에 눌려 저녁 산들바람에도 날아가지 않고 있었다. 발은 맨발이었다.

소년은 노인을 가만히 둔 채 자리를 떴다. 다시 돌아왔을 때도 노인은 여전히 잠들어 있었다.

"할아버지, 이제 그만 일어나세요."

소년이 노인의 무릎에 손을 얹으면서 말했다.

노인은 눈을 떴으나, 먼 꿈나라에서 현실로 되돌아오느라고 잠시 시간이 걸렸다. 이윽고 노인이 웃음을 지었다.

"그게 뭐야?"

"저녁 식사예요."

소년이 말했다.

"함께 식사해요."

"난 별로 배고프지 않은걸."

"어서 드세요. 드시지 않으면 고기도 못 잡아요."

"전에도 잡았는걸."

노인은 일어나서 신문을 집어 접었다. 그러고 나서 담요를 개기 시작했다.

"담요는 그냥 두르고 계세요."

소년이 말렸다.

"제가 곁에 있는 동안에는 식사를 하지 않고는 고기잡이도 못 하시게 할 거예요."

"그럼, 오래 살고 몸조심해야지."

노인은 웃으며 말했다.

"먹을 게 뭐지?"

"검은 콩밥하고요, 튀긴 바나나랑 스튜 조금이요." 소년은 테라스에서 음식들을 이중으로 된 금속 그릇에 담아왔다. 호주머니 속에는 종이 냅킨으로 감싼 나이프와 포크, 숟가락 두 세트가 들어 있었다.

"누가 준 거니?"

"마틴 씨가요. 주인아저씨요."

"고맙다고 해야겠구나."

"제가 벌써 인사한걸요."

소년이 말했다.

"할아버지께서 인사하실 필요는 없어요."

"큰 고기를 잡으면 그 사람에게 뱃살을 줘야겠구나."

노인이 말했다.

"우리에게 이런 대접을 한 것이 한두 번이 아니지?"

"네, 그래요."

"그렇다면 뱃살 이상의 것을 주어야겠구나. 그 사람은 우리를 퍽 생각해 주는 사람이야."

"맥주도 두 병이나 주셨어요."

"나는 캔맥주가 제일이란 말이야."

"알아요. 그런데 이건 병맥주인걸요. 아투에이 맥주(쿠바에서 생산되는 맥주의 상표로, 스페인 저항 운동에 앞장선 국민 영웅 아투에이의 이름에서 유래되었다.)예요. 병은 제가 돌려주겠어요."

"고맙다."

노인은 목이 감기면서 말했다.

"자, 그럼 먹어 볼까?"

"아까부터 먹자고 말씀드렸잖아요."

소년은 다정한 말투로 말했다.

"저는 할아버지께서 식사하실 준비가 될 때까지 밥그릇을 열고 싶지 않아요."

"이제 준비가 되었다."

할아버지는 다정다감하게 말했다.

"손 씻을 시간이 필요해서 그랬단다."

'손을 씻기는 어디서 씻어?'하고 소년은 생각했다. 마을에서 길어 먹는 우물은 두 거리를 지나는 곳에 있었다. 소년은 할아버지께서 손을 씻을 수 있도록 물을 길어다 드려야 했는데 하고 후회했다. 그리고 비누와 깨끗한 수건으로 준비해 드려야 했는데, 내가 왜 이렇게 생각이 모자랄까? 겨울에 입을 셔츠와 재킷도 구해 드려야 하고, 신발과 담요도 몇 장 더 구해 드려야겠다.

"스튜가 정말 맛있구나."

노인은 스튜를 한술 뜨면서 말했다.

"야구 얘기해 주세요."

소년은 할아버지에게 재촉했다.

"아메리칸 리그에서는 내가 말한 대로 양키스가

최고야."

노인은 유쾌하게 말했다.

"오늘은 졌잖아요."

소년이 노인에게 말했다.

"그것은 상관하지 않아도 된단다. 위대한 디마지오가 제 실력을 발휘할 거야."

"그 팀엔 다른 훌륭한 선수들도 있잖아요."

"물론이지, 하지만 디마지오는 다른 사람과는 달라. 다른 리그에서 브루클린과 필라델피아가 겨룬다면 난 브루클린을 택할 거야. 물론 딕 시슬러(필라델피아 필리스 소속 선수로, 1950년 에베츠 필드 구장에서 열린 브루클린 다저스와의 경기에서 홈런을 날려 팀을 승리로 이끌었다.)가 그 옛날 야구장에서 날린 굉장한 타구를 감안해야겠지만."

"그런 장타는 지금까지 없었어요. 제가 본 것 중에서 제일 큰 장타를 쳤거든요."

"그가 테라스에 오곤 했는데 기억나니? 나는 그를 고기잡이하러 데리고 가고 싶었는데 너무 소심해서 말도 꺼내지 못했지. 그래서 너에게 말을 해 보라고 했더니 너도 말을 못 걸었어."

"알고 있어요. 큰 실수였어요. 우리와 함께 고기잡이하러 갔을지도 몰랐는데. 그랬더라면 평생 자랑거리가 되었을 텐데요."

"나는 그 훌륭한 디마지오를 고기잡이에 데리고 가고 싶단다."

노인은 후회스러운 듯 말했다.

"그의 아버지도 어부였다고 하던데. 아마 디마지오도 우리처럼 가난했을 거야. 우릴 이해해 줄 거야."

"그 훌륭한 시슬러의 아버지는 가난을 겪어 본 적이 없어요. 그는 저만 할 때 벌써 메이저리그에서 뛰고 있었잖아요."

"나도 네 나이 때는 가로돛을 단 큰 배의 선원이었지. 배가 아프리카까지 갔는데, 저녁때면 해안에서 어슬렁거리는 사자들을 보았지."

"알아요, 할아버지께서 벌써 말씀하셨어요."

"그러면 아프리카 얘기를 할까, 야구 얘기를 할까?"

"야구 얘기가 좋아요."

소년이 재촉하듯 말했다.

"위대한 존 호타 맥그로우에 대해 얘기를 해 주세요.

소년은 제이(J)를 호타(J의 스페인어 발음)라고 발음했다.

"그도 예전엔 이따금 이 테라스에 오곤 했었지. 그런데 술에 취하면 난폭해지고 말투가 거칠어서 다루기가 힘들었어. 그는 야구뿐만 아니라 경마에 빠졌었어. 항상 호주머니 속에 경주마 명단이 들어 있었고, 전화를 걸면서 말 이름을 들먹이곤 했지."

"그는 훌륭한 감독이었어요."

소년은 단호히 말했다.

"우리 아버지는 그가 최고의 감독이라고 하던데요."

"그가 자주 이곳에 나타났었으니까 그렇지."

노인이 미소 지으며 말했다.

"만일 듀로셔 감독이 매년 계속해서 이곳에 왔다면 네 아버지는 듀로셔가 제일 훌륭한 감독이라고

31

생각했을 거야."

"그럼 누가 진짜 가장 훌륭한 감독이에요? 루케 감독인가요, 아니면 마이크 곤살레스 감독인가요?"

"아마 둘 다 비슷하겠지."

"가장 훌륭한 어부는 바로 할아버지예요."

"아니다, 나보다 더 훌륭한 어부들도 있단다"

"아니에요."

소년이 소리 지르듯 말했다.

"고기를 잘 잡는 어부도 많고, 또 훌륭한 어부들도 더러는 있겠죠. 하지만 할아버지가 최고인걸요."

"고맙다. 그 말을 들으니 무척 기쁘구나. 너무 큰 고기가 나타나서 네가 한 말을 뒤집어놓지나 않았으면 좋으련만."

"할아버지가 말씀하신 대로 아직 힘이 장사라면 그런 고기라도 문제없을 거예요."

"하지만 내가 내 힘을 너무 믿는지도 모르지."

노인이 말했다.

"그래도 난 남다른 기술을 가지고 있고, 각오도 단단히 서 있단다."

"이제 그만 주무세요. 그래야 내일 아침에 힘이 솟아날 테니까요. 저는 이 그릇을 테라스에 갖다줄 게요."

"그러면 잘 자거라. 아침에 내가 깨우마."

"할아버지는 제 자명종 시계나 같아요."

소년은 자랑스러운 듯 말했다.

"나이를 먹으면 다 그렇게 되는 거야."

노인이 웃음을 띠며 말했다.

"나이가 들면 왜 그렇게 일찍 잠이 깨는 걸까? 영원히 잠들 시간이 가까웠으니까 하루하루를 좀 더 보람되게 보내라는 걸까?"

"그건 잘 모르겠어요."

소년이 대답했다.

"반대로 제가 아는 건 아이들이 늦게까지 곤히 잔다는 것뿐이에요."

"나도 그건 기억하지."

노인이 다짐하듯 말했다.

"제시간에 꼭 깨워주마."

"난 주인아저씨가 날 깨우는 게 싫어요. 왜냐하면

내가 그 사람보다 못난 것 같은 생각이 들거든요.

"그래 알았다."

"그럼 안녕히 주무세요, 할아버지."

소년은 나갔다. 그들은 식탁에 불도 켜지 않고 저녁을 먹었고, 그렇게 노인은 어둠 속에서 바지를 벗고 잠자리에 들었다. 노인은 바지를 둘둘 말아서 베개를 만들고 그 속에 신문을 끼워 넣어 베개를 삼았다. 그리고 담요로 몸을 감고 침대 스프링을 덮어놓은 다른 헌 신문지 위에서 잠을 잤다.

노인은 곧 잠이 들어, 어렸을 때 보았던 아프리카의 꿈을 꾸었다. 기다란 황금빛 해변과 눈부실 정도로 곱고 하얗게 빛나는 해안선 그리고 높은 곶과 갈색 산들이 꿈에 보였다. 노인은 요즈음 밤마다 꿈속에서 그 해안을 따라 헤매었고, 요란스럽게 부딪치는 파도 소리를 들었다. 그리고 그 거친 파도를 헤치고 원주민들의 배가 돌아오는 모습을 보기도 하였다. 노인은 자면서도 갑판의 타르 냄새와 뱃밥 냄새를 맡았고, 아침이면 뭍바람에 실려 오는 아프리카의 냄새를 맡곤 했다.

노인은 뭍바람 냄새를 맡으면 습관적으로 잠에서 깨어나 옷을 입고 소년을 깨우러 갔다. 그러나 오늘 밤은 너무 일찍 뭍바람이 불어왔다. 노인은 꿈을 꾸면서도 일어날 시간이 너무 이르다는 것을 알았다. 노인은 다시 꿈속으로 돌아가 섬의 흰 봉우리들이 바다에 솟아 있는 것을 보았고, 다음에는 카나리아 군도(아프리카 서사하라 서쪽에 있는 일곱 개의 스페인령 섬.)의 여러 항구나 선착장에 대한 꿈을 꾸었다.

노인은 이제 더 이상 폭풍우나 여자 꿈은 더 이상 꾸지 않았다. 큰 사건이나 큰 고기 꿈도, 싸움이나 힘겨루기에 관한 꿈도, 세상을 먼저 떠난 아내의 모습도 나타나지 않았다. 여기저기 여러 장소와 해변의 사자 꿈만 꾸었다. 사자들은 황혼이 찾아든 해안에서 마치 새끼 고양이처럼 뛰어놀았고, 노인은 소년을 사랑하는 만큼 사자들을 사랑했다. 그러나 노인은 소년의 꿈을 꾼 적은 없었다. 노인은 곧 잠에서 깨어 열린 창으로 내다보고는 베개로 삼았던 주름진 바지를 펴서 입었다. 노인은 오두막집 밖으로 나가 소변을 보고, 소년을 깨우러 길을 따라 올라갔다. 새벽의 싸늘한 공기에 몸이 떨려 왔다. 노인은 이처럼 몸을 떨다가 몸이 따뜻해져서 또 힘차게 노를 젓게 되리라고 생각했다.

소년이 살고 있는 집은 늘 잠겨 있지 않았다. 노인은 문을 열고 맨발로 소리 없이 걸어 들어갔다. 소년은 첫 번째 방 침대에서 자고 있었다. 저물어 가는 달빛을 받아 소년의 모습이 똑똑히 보였다. 노인은 소년의 한쪽 발을 잡고 소년이 눈을 뜨고 머리를 돌려 쳐다볼 때까지 그대로 있었다. 이윽고 소년이 눈을 뜨고 쳐다보자, 노인이 고개를 끄덕였고 소년은 옆에 있는 의자에서 바지를 가져다가 침대에 걸터앉아서 바지를 입었다.

노인이 문밖으로 나가자 소년은 따라나섰다. 소년은 아직도 졸렸다. 노인은 소년의 어깨 위에 팔을 얹으면서 입을 열었다.

"일찍 깨워 미안하구나."

"케 바."(스페인어로 부정의 의미가 담긴 '천만에요'라는 뜻.) 소년이 말했다.

"남자라면 할 일을 해야죠."

그들은 노인이 살고 있는 오두막집으로 걸어 내려
갔다. 아직 어둠이 가시지 않은 길을 따라 맨발의 어
부들이 자기 배의 돛대를 운반하느라 어수선하게
움직이고 있었다.

노인이 사는 오두막집에 이르자, 소년도 갑자기 바
빠졌다. 소년은 광주리에 담긴 낚싯줄 뭉치와 갈고
리 그리고 작살을 들었고, 노인은 돛을 감은 돛대를
어깨에 메고 배로 날랐다.

"커피 드시겠어요?"

소년이 물었다.

"이 도구들을 배에 올려놓고 나서 마시자."

노인과 소년은 어부들을 위해 아침 일찍 문을 여는
가게에서 연유 통에 따라 놓은 커피를 마셨다.

"할아버지, 잘 주무셨어요?"

소년이 인사말을 건넸다. 소년은 아직도 졸리는 듯
했지만 이제야 정신이 드는 모양이었다.

"그래, 잘 잤다. 마놀린."

노인은 소년이 대견스러운 듯 말했다.

"어쩐지 오늘은 자신감이 생기는구나."

"저도 그래요."

소년은 즐겁게 대답했다.

"이젠 정어리를 가져와야겠어요. 할아버지 것하고 제 것하고요. 그리고 할아버지가 쓰실 싱싱한 미끼도 가져올게요. 우리 배의 물건은 주인아저씨가 직접 가지고 나와요. 남이 자기 도구를 가져다주는 걸 싫어해요."

"하지만 우리는 다르지."

노인은 인자하게 말했다.

"나는 네가 다섯 살 때부터 도구를 나르게 했었지."

"알고 있어요."

소년이 말했다.

"얼른 돌아올게요. 커피나 한 잔 더 드세요. 여기는 외상으로 되거든요."

소년은 맨발로 산호 암초를 밟으며 미끼가 저장되어 있는 얼음 창고 쪽으로 걸어갔다.

노인은 천천히 커피를 마셨다. 그것이 하루 동안 자기가 먹을 식량의 전부이기 때문에 끝까지 먹어 두어야 한다고 생각했기 때문이다. 노인은 오래전부터 먹는 일이 귀찮아져서 점심을 가지고 나가지 않았다. 배에 물 한 통만 가지고 나가는데 온종일 먹을 음식의 전부였다.

소년이 정어리와 신문지에 싼 미끼 고기 두 마리를 가지고 돌아왔다. 그들은 자갈 섞인 모래의 감촉을 느끼면서 배가 있는 데까지 오솔길을 따라 내려갔다. 노인과 소년은 배를 들어 바다로 밀어 넣었다.

"할아버지, 행운을 빌어요."

"너도 행운을 빈다."

노인이 말했다. 노인은 노를 묶어 두 밧줄을 노걸이 말뚝에 매고, 노를 바닷물에 담그면서 몸을 앞으로 구부렸다. 어둠 속에서 항구 밖으로 노를 저어 나가기 시작했다. 다른 해변에서도 다른 배들이 바다로 나가고 있었다. 달이 벌써 산 너머로 넘어가 이젠 아무것도 볼 수 없었다. 그러나 노인은 그들이 노를 젓는 철썩거리는 소리를 분명히 들을 수 있었다.

때때로 다른 배에서 말하는 소리도 들려왔다. 그

러나 대부분 고깃배에서는 노를 젓는 소리만 들릴 뿐 조용했다. 그 배들은 항구 밖으로 벗어나자 뿔뿔이 흩어져서 각기 고기떼가 많이 있으리라 생각되는 곳을 향해 뱃머리를 돌렸다. 노인은 오늘 멀리 나갈 생각이었으므로 육지의 흙냄새를 뒤로 하고 이른 아침 바다의 시원한 냄새가 풍겨오는 바다를 향해 노를 저어 나갔다. 갑자기 수심이 깊어져 깊이가 700길(한 길은 어른 한 명의 키와 같은 깊이로 약 1.8미터에 해당함.)이나 되기 때문에 어부들이 큰 우물이라고 부르는 곳을 지날 때, 노인은 물속에서 해초의 인광을 보았다. 이곳은 바다 밑 가파른 경사면에 조류가 서로 부딪쳐 생기는 소용돌이 때문에 많은 종류의 물고기들이 몰려들었다. 새우 떼와 미끼로 쓰이는 고기들이 많았고, 때로는 깊숙한 구멍 속에 오징어 떼들도 있었다. 이 고기들은 밤이 되면 수면위로 올라왔다가 그곳을 배회하는 큰 고기들에게 잡아먹히기도 했다.

노인은 어둠 속에서도 아침이 다가오는 것을 느낄 수 있었다. 노인은 노를 저으면서 날치가 물 밖으로 뛰어오를 때 생기는 물의 진동을 느낄 수 있었고, 그들이 어둠 속에서 공중을 날아가면서 빳빳하게 세운 날개의 마찰음을 들을 수 있었다. 바다에서는 노인의 제일 친한 친구라 여겨서, 노인은 날치를 무척이나 좋아했다. 특히 조그맣고 가냘픈 까만 제비 갈매기는 언제나 물 위를 날며 먹이를 찾지만 거의 구하지 못하기 때문에 더욱 불쌍하게 여겼다. 도둑 갈매기나 크고 힘센 새들 외에 이런 새들은 우리 인간보다 더 살기가 어렵다고 노인은 생각했다. 이 잔혹한 바다에 어찌 제비갈매기처럼 약하고 예쁜 새를 만들어 놓았을까? 바다는 대부분 다정하고 대단히 아름답다. 그러나 바다는 갑자기 잔인하게 변할 수 있는 것이다. 가냘프고 구슬픈 소리로 노래를 부르며 먹이를 찾아 떠도는 새들은 바다에서 살기에는 너무도 연약한 존재였다.

노인은 언제나 바다를 '라 마르la mar'라고 생각했다. 이 말은 사람들이 바다를 사랑할 때 쓰는 스페인 말이다. 때때로 바다를 사랑하는 사람들도 나쁜 말을 할 때가 있지만, 그런 때도 언제나 바다를 여성으로 취급했다. 그러나 젊은 어부 중에 낚싯줄을 뜨게 하려고 찌를 사용하거나 상어의 간으로 돈을 많이 벌어서 모터보트를 많이 사들인 사람들은 바다를 남성으로 생각해서 '엘 마르el mar'라고 부르기도 하였다. 그들은 바다를 마치 경쟁상대, 경쟁 장소 심지어는 적으로까지 생각했다. 그러나 노인은 언제나 바다를 여성으로 생각했고, 큰 은혜를 베풀거나 간직하고 있다고 여겼다. 가끔 바다가 사납거나 나쁜 짓을 하는 것은 어쩔 수 없는 일이라고 여겼다. 달이 여인에게 영향을 미치듯 바다에도 영향을 미친다고 생각했다.

노인은 꾸준히 노를 저었다. 무리한 속력을 내는 것도 아니고 이따금 조류의 소용돌이가 일어나는 곳 이외에는 해면이 평온했기 때문에 노 젓는 것이 전혀 힘들지 않았다. 노인은 배를 움직이는 힘의 삼분의 일을 해류에 맡겨놓았다. 이윽고 동이 트기 시작했을 때 예상했던 거리보다 훨씬 멀리 나가 있다는 것을 알았다.

노인은 일주일 동안이나 깊은 곳에서 낚시질을 했

지만, 매일 허탕이었다고 생각했다. 오늘은 가다랑어와 날개다랑어 떼가 모이는 곳에서 낚시를 해봐야겠다. 어쩌면 거기에는 큼직한 놈이 있을지도 모르니까 말이야.

 날이 완전히 새기도 전에 노인은 미끼를 드리우고 조수의 흐름에 배를 맡겨 놓았다. 미끼 하나를 40길 물속 아래로 던져 놓았다. 두 번째 것은 75길 물속에, 세 번째와 네 번째 것은 각각 100길과 125길 아래의 깊은 물속에 던져 놓았다. 낚싯바늘의 곧은 부분은 미끼 고기 안으로 밀어 넣어 단단히 꿰매고, 구부러지고 뾰족한 부분은 싱싱한 정어리로 쌌기 때문에, 미끼는 모두 머리를 아래로 하고 물 속에 매달려 있었다. 정어리는 모두 두 눈을 바늘에 꿰어 달아 놓아서 그 모양이 마치 반달 모양의 화환을 씌워 놓은 것처럼 보였다. 큰 고기가 달콤한 냄새나 구수한 맛을 느끼지 않을 곳은 없는 셈이었다. 소년이 노인에게 준 싱싱한 다랑어 새끼 두 마리는 가장 긴 낚싯줄 두 개에 추처럼 매달았고, 다른 두 줄에는 전에도 한번 썼었던 크고 푸른 정어리와 노란 줄무늬의 전갱이를 매달았다. 그러나 이것들은 아직도 멀쩡했고, 훌륭한 정어리가 냄새와 매력을 풍길 테니 염려 없었다. 연필만큼 굵은 낚싯줄에는 하나같이 초록색 막대기가 묶여 있어서 고기가 미끼를 조금 당기거나 건드리면 물속에 잠기도록 되어 있었다. 각각의 줄은 40길씩 둘둘 말아 두 뭉치로 나눠놓았는데, 여분의 다른 줄 뭉치에 연결할 수 있어서 필요한 경우 고기 한 마리가 300길 이상까지 줄을 끌고 나가도 끄떡없게 만반의 준비를 갖추어 놓았다.

이제 노인은 뱃전 너머로 낚싯대 세 개가 물속에 잠기는 것을 지켜보면서 낚싯줄이 적당한 수심에서 아래위로 팽팽하게 당겨지도록 가만히 노를 저었다. 날이 이미 밝았고 이제 곧 해가 솟아오를 것 같았다.

해가 바다 위로 희미하게 떠오르자, 노인은 다른 배들을 볼 수 있었다. 수면에 바짝 붙어 있는 배들은 해안 쪽으로 완전히 뒤처진 채 해류 너머로 뿔뿔이 흩어져 있었다. 날이 점점 밝아 오면서 눈부신 햇빛이 수면 위로 퍼져 나갔다. 드디어 해가 선명하게 모습을 드러냈다. 잔잔한 바다에 비친 햇빛이 반사되어 눈이 아팠기 때문에 노인은 수면을 보지 않고 천천히 노를 저었다. 노인은 물속을 내려다보았다. 그리고 어두운 바닷속 깊이 곧게 내리뻗은 낚싯줄을 살펴보았다. 노인은 누구보다도 낚싯줄을 팽팽히 드리웠는데, 그래야만 어두운 바닷속에서 자기가 원하는 정확한 지점에 미끼를 내리고 물고기가 그곳을 지나가기를 기다릴 수 있기 때문이다. 다른 어부들은 조류에 낚싯줄을 담가 놓기 때문에 100길 되는 곳에 낚시를 드리웠다고 생각하겠지만 실제로는 60길밖에 안 되는 경우도 있었다.

그러나 노인은 항상 정확하다고 생각했다. 단지 난 운이 없을 뿐이다. 그러나 누가 알아? 오늘만큼은 운이 좋을지 모르지. 하루하루가 새로운 날이니까 재수가 있으면 더욱 좋겠지. 그러나 나는 항상 정확하게 해야 해. 운은 준비된 자에게 찾아오는 법이니까.

해가 떠오른 지 두 시간이 지나자, 이젠 동쪽을 보

아도 그다지 눈이 아프지 않았다. 이제 시야에 들어오는 배는 세 척밖에 없었는데, 그나마도 멀리 해안 쪽에 아주 낮게 떠 있었다.

평생 이른 아침햇살이 내 눈을 상하게 했지. 노인은 생각에 잠겼다. 그러나 눈은 아직 괜찮아. 저녁때는 해를 똑바로 쳐다보아도 깜깜해지지는 않는다. 사실 저녁 햇살이 더 강하기도 해. 그러나 아침햇살은 눈이 너무 아프단 말이야.

바로 그때 노인은 길고 검은 날개를 가진 군함새 한 마리가 노인의 머리 위 하늘을 빙빙 돌고 있는 것을 보았다. 새는 날개를 뒤로 젖히고 비스듬한 자세로 급히 하강했다가 다시 하늘로 날아올라 하늘을 빙빙 돌았다.

"저놈이 뭘 봤구나."

노인은 큰 소리로 외치며 말했다.

"그냥 먹잇감을 찾아보는 게 아니야."

노인은 새가 빙빙 돌고 있는 곳을 향해 천천히 계속해서 노를 저었다. 그는 절대 서두르지 않고 낚싯줄이 위아래로 팽팽하게 드리워져 있게 하면서 물결을 헤치며 약간 빠르게 저었다. 새를 이용하지 않고 고기잡이할 때보다 조금 더 빠르게 나아가기는 했지만, 그래도 낚시질을 정확히 했다.

군함새는 더 높이 날아올라 가더니 날개를 움직이지도 않은 채 다시 그 자리에서 빙빙 돌았다. 그러다가 수면으로 갑자기 내려왔다. 그때 날치 떼가 물 위로 뛰어올라 필사적으로 수면 위를 나는 것이 보였다.

"만새기다!"

노인은 소리쳤다.

"커다란 만새기야."

노인은 노를 거두어들이고 뱃머리 밑창에서 작은 낚싯줄을 하나 꺼냈다. 그 줄에는 철사로 된 낚시걸이와 보통 크기의 낚싯바늘이 달려 있었다. 노인은 정어리 한 마리를 미끼로 거기에 달았다. 그것을 뱃전 너머로 드리우고 나서 뱃고물 쪽에 있는 고리에 단단히 붙들어 매었다. 그리고 계속해서 다른 낚싯줄에도 미끼를 달아서 뱃머리의 그늘진 곳에 감아 놓았다. 노인은 다시 노를 저으며 아까 검은 새가 물

위를 얕게 날면서 먹이를 찾아다니는 모습을 지켜보았다.

노인이 지켜보는 동안 그 새는 다이빙하듯 날개를 비스듬히 한 채 해면에 내려앉더니 날개를 세차게 움직이며 날치를 쫓았으나 별 효과 없이 날아다닐 뿐이었다. 노인은 큰 만새기가 고기를 쫓을 때, 물이 약간 일렁이며 올라오는 것을 볼 수 있었다. 만새기는 날치가 도망가고 있는 바로 아래쪽에서 전속력으로 물살을 헤치며 달려가고 있었다. 날치가 해면으로 떨어지는 순간 그 자리에서 잽싸게 잡아먹어 버리는 것이었다. 노인은 굉장한 만새기 떼로구나 하고 생각했다. 만새기 떼는 아주 넓게 퍼져 있어서 그 날치가 살아날 길은 거의 없다고 생각했다. 그리고 그 검은 새가 날치를 잡아먹을 가능성도 전혀 없었다. 날치는 새가 잡아먹기에는 너무 크고 꽤 빨랐다.

노인은 날치가 자꾸만 뛰어오르는 모습과 새의 헛된 동작을 지켜보고 있었다. 이윽고 노인은 만새기 떼가 멀리 가 버렸다고 생각했다. 놈들은 너무나 민

48

첩하게 멀리 달아나 버렸다. 그래도 아마 혼자 뒤떨어진 놈을 한두 마리 잡아 올릴 수 있을지도 몰라. 내가 노리는 큰 고기가 그놈들 주변에 있을지도 모르지. 내가 잡으려는 큰 고기는 어딘가에 반드시 있을 거야.

이제 구름은 육지 위에서 산처럼 뭉게뭉게 피어나고, 해안은 푸른 산등성이를 배경으로 한 연하고 긴 초록색으로 보였다. 물빛은 짙은 청색이었는데 너무 짙어서 거의 보랏빛이나 다름없었다. 어두운 물속을 들여다보니까 물속에 빨갛게 떠 있는 플랑크톤이 보였고, 햇빛의 반사로 생긴 이상한 빛이 보였다. 노인은 낚싯줄이 물속의 깊은 곳까지 제대로 드리워져 있는가를 살펴보았다. 수많은 플랑크톤이 떠 있는 것을 보고 노인은 기뻐했다. 그것은 바로 고기가 있다는 것을 말해주기 때문이다. 해가 중천에 떠 있는데도 물속에 이상한 빛이 보이는 현상은 날씨가 좋을 거라는 조짐이었고, 육지 위의 구름 형태로도 보아 오늘의 좋은 날씨를 짐작할 수 있었다. 이제 새는 시야 밖으로 사라져서 거의 보이지 않았고 수면에는 햇볕에 바랜 해초와 보랏빛으로 번쩍이는 고깔해파리의 부레가 뱃전 가까이에 떠 있을 뿐이었다. 그것은 물살에 의해 앞뒤로 뒤집혔다 다시 본래 위치로 떠올랐다. 치명적인 독이 있는 보랏빛 촉수를 물속에서 1미터 정도 길게 늘어뜨리며 비눗방울처럼 둥실둥실 떠 있었다.

"이건 '아구아 말라'(스페인어로 '나쁜 물'이라는 뜻.)군"

노인은 혼자 중얼거렸다.

"갈보 같으니라고."

노인은 가볍게 노를 저으면서 물속을 들여다보았다. 길게 늘어진 촉수와 같은 색깔의 조그마한 고기들이 촉수 사이를 헤엄쳐 다니며, 떠 있는 해초로 인해 드리워진 조그만 그늘에 무리 짓고 있었다. 그 고기들은 이미 해파리의 독에 면역이 되어 있었다. 그러나 사람은 그렇지 않다. 고기잡이할 때 보랏빛 끈끈한 점액질이 낚싯줄에 감겨 붙게 되면 독 있는 담쟁이덩굴이나 옻나무에서 오르는 것과 같은 자국이나 종기가 생겼다. 이 아구아 말라에서 생기는 독은 온몸으로 퍼져서 마치 채찍으로 맞은 것처럼 부

풀어 올랐다.

비눗방울처럼 무지갯빛을 내는 해파리들은 아름다웠다. 그러나 그것들은 바다에서 가장 못 된 생물이었다. 노인은 커다란 바다거북이 해파리를 먹는 것을 보면 기분이 좋았다. 거북들은 해파리를 보면 주저하지 않고 정면으로 다가가서 눈을 감고는 촉수까지 모두 먹어 치웠다. 노인은 거북의 먹는 모습을 보기 좋아했고, 태풍이 지난 뒤의 해변 모래 위에 밀려 올라와 곳곳에 널려 있는 해파리들을 단단한 구두 뒤꿈치로 밟았을 때 '펑펑'하고 터지곤 했는데, 그 소리를 듣는 것을 좋아했다.

노인은 특히 우아하고 속력이 빠르고 값이 많이 나가는 푸른바다거북이나 대모거북을 좋아했다. 그러나 노인은 크고 우둔해 보이는 붉은바다거북을 볼 때마다 친밀감과 혐오감이 동시에 느껴졌다. 붉은바다거북은 노란 등껍질을 무기처럼 뒤집어쓴 데다가 교미하는 모양도 이상했고, 눈을 감은 채 고깔해파리를 기꺼이 먹어 치웠다.

노인은 몇 년간 거북잡이 배에 승선했지만, 거북에

대해서 아무런 신비한 감도 느끼지 못했다. 노인은 모든 거북을 안쓰럽게 여겼다. 심지어는 길이가 조각배만 하고 무게가 1톤이나 나가는 큰 거북을 보아도 동정심을 느꼈다. 거북은 칼질을 해서 잡아 놓은 후에도 몇 시간 동안이나 심장이 뛰기 때문에 대부분은 거북에 대해서 무자비한 태도를 취했다. 그러나 노인은 자신도 이런 심장을 갖고 있으며, 내 손발도 거북의 것과 비슷하다고 생각하곤 했었다. 노인은 기운을 내기 위해 거북의 하얀 알을 먹었다. 9월과 10월이 되면 정말 큰 고기를 잡으려고 5월 내내 알을 먹어 힘을 길렀다.

노인은 어부들이 어구를 보관해 두는 창고 속의 큰 드럼통에서 상어 간유를 매일 한 잔씩 마셨다. 간유는 어부 누구나 원하면 마시도록 그곳에 놓아두었지만, 대다수가 그 독특한 맛을 싫어했다. 그래도 그 맛은 어부들이 아침 일찍 일어나야 하는 고통에 비하면 아무것도 아니었다. 게다가 감기나 유행성 독감에 효과가 있었고, 눈에도 좋은 약이었다.

노인은 머리 위에서 다시금 새가 빙빙 도는 것을

보았다.

"저놈이 고기를 찾았구나."

노인은 크게 외쳤다. 그러나 아까처럼 수면으로 뛰어오르는 날치도 없었고 미끼 고기들도 흩어져 있지 않았다. 그런데 노인이 지켜보니 작은 다랑어 한 마리가 공중으로 뛰어올랐다가 물속으로 곤두박질치며 떨어지는 것이 보였다. 다랑어는 햇빛 때문에 은색으로 빛났다. 한 마리가 물속으로 떨어지고 나자 연달아 다른 다랑어들이 뛰어오르더니 사방으로 곤두박질하고, 물을 마구 휘저으며 미끼를 따라 길게 뛰어올랐다 떨어지곤 했다.

저놈들이 저렇게 빨리 돌아다니지 않는다면 가운데로 배를 몰고 들어갈 수 있다고 노인은 생각했다. 노인은 물거품을 하얗게 일으키고 있는 다랑어 떼와 수면으로 떠오른 미끼 고기를 잡으려고, 군함새가 쏜살같이 내려와서 물속에 주둥이를 처박는 모습을 지켜보았다.

"저놈의 새가 큰 도움이 된단 말이야."

노인은 중얼거렸다.

바로 그때였다. 한 번 감아서 밟고 있던 뱃고물 쪽 낚싯줄이 팽팽해졌다. 노인은 재빨리 손에서 노를 내려놓고 줄을 단단히 잡아 끌어당기면서, 줄을 물고 부르르 떠는 다랑어의 무게를 느꼈다. 노인이 줄을 잡아당길수록 진동은 더해 갔다. 물속에서 퍼덕이는 고기의 푸른 등과 황금빛 옆구리가 보이자 노인은 고기를 뱃전으로 휙 낚아채 안으로 끌어당겼다. 몸뚱이가 단단하고 총알처럼 생긴 다랑어가 크고 멍청한 두 눈을 크게 올려 뜨고는 햇빛을 받으며 누워 있었다. 그놈은 쭉 뻗은 날쌘 꼬리로 배 바닥 널빤지를 두드리며 생명을 재촉하고 있었다. 노인은 다랑어의 머리를 몽둥이로 때려 제압하고 아직도 떨고 있는 다랑어를 뱃고물 구석진 곳으로 던졌다.

"날개다랑어로군."

노인은 기분 좋게 소리내어 말했다.

"좋은 미끼 감이야. 5킬로그램은 나가겠어."

노인은 자신이 혼자서 외치는 버릇이 언제부터 있었는지 생각나지 않았다. 옛날에는 혼자 있을 때 곧잘 노래를 불렀다. 스맥선(활어를 운반할 수 있는 어선)

이나 거북잡이 배에서 밤에 당직을 서면서 혼자 노를 저을 때는 이따금 노래를 불렀다. 아마도 소년이 떠난 후 혼자 있게 되면서부터 큰 소리로 말하기 시작한 것 같다. 그러나 노인은 그것을 정확하게 기억할 수 없었다. 노인과 소년이 함께 고기잡이를 할 때도 꼭 필요한 때에만 말을 했다. 그들은 날씨가 나빠서 폭풍우로 집에 갇혀 있을 때와 밤에만 이야기를 했다. 바다에서는 필요 없는 말을 하지 않는 것을 미덕으로 생각했고, 노인도 늘 그렇게 생각했기 때문에 지켰다. 그러나 지금은 신경 쓸 사람이 아무도 없었기 때문에, 노인은 자기 생각을 커다랗게 말하곤 했다.

"다른 사람들이 내가 혼자서 이렇게 말하는 것을 들으면 나더러 미쳤다고 하겠지."

노인은 큰 소리로 말했다.

"하지만 난 미치지 않았으니까 괜찮아. 돈 있는 사람들은 라디오가 있어서 배에서 이런저런 이야기나 야구 중계를 듣거나 하겠지만 말이야."

지금은 야구 생각을 할 때가 아니라고 노인은 생각

했다. 지금은 꼭 한 가지 일만 생각해야 하는 것이다. 내 평생 해 온 고기잡이 말이야. 저 고기 떼 주위에는 반드시 큰 놈이 있을 거야. 나는 지금 먹이를 쫓고 있는 다랑어들 주위에서 낙오한 놈 한 마리를 낚았을 뿐이다. 그런데 다른 놈들은 이미 재빨리 달아나 버리고 말았다. 오늘은 물 위로 떠 오른 놈들은 모두 빠른 속도로 동북쪽으로 달리고 있다. 시간이 그럴 때인가? 아니면 내가 모르는 무슨 날씨의 변화일까?

노인은 이제 더 이상 초록빛 해안선은 보이지 않고 마치 눈으로 덮인 듯 희게 보이는 산봉우리와 그 위로 또 하나의 높은 산맥처럼 솟아 있는 구름이 피어 올라 있을 뿐이었다. 바다는 어두컴컴했고 물속에 비쳐 든 빛이 프리즘처럼 형형색색으로 반짝거렸다. 수많은 플랑크톤이 이루는 반점도 내리쬐는 햇빛 때문에 보이지 않고, 이제 노인의 눈에 보이는 것이라고는 푸른 바다 깊은 곳에서 반짝이는 형형색색의 빛과 1킬로미터 반쯤 되는 물속으로 똑바로 드리운 낚싯줄뿐이었다.

다랑어 떼는 다시 물러갔다. 어부들은 그런 종류의 고기는 모두 다랑어라고 불렀고, 고기를 팔러 나올 때나 미끼 고기와 바꾸려고 할 때만 제 이름을 부르며 구별했다. 이제 햇살이 뜨거워지고 노인은 목덜미에 햇살의 따가움을 느꼈다. 노를 저을 때마다 땀이 등을 타고 줄줄 흘러내리는 것을 느낄 수 있었다.

이대로 가만히 배를 띄워 놓고, 고기가 물면 깨어나게끔 발가락에다 낚싯줄을 감아놓고 잠을 자도 되겠다고 생각했다. 그리고 오늘은 85일째 되는 날이니 무슨 일이 있어도 많이 잡아야지.

바로 그때였다. 낚싯줄을 지켜보던 노인은 물 위에 나와 있던 초록색 막대기 중 하나가 물속으로 쑥 들어가는 것을 보았다.

"옳지, 됐어."

노인은 배에 부딪치지 않게끔 조심해서 노를 거두어들였다. 그리고 팔을 뻗어 낚싯줄 오른손 엄지와 집게손가락 사이에 끼우고 가만히 들었다. 그러나 낚싯줄이 당겨지거나 무게가 느껴지지 않아 그냥 가볍게 잡고만 있었다. 그때 진동이 전해졌다. 이번에는 무겁게 당기는 것이 아니고, 살짝 건드리는 움직임을 느꼈다. 노인은 그것이 무엇을 뜻하는가를 정확하게 알 수 있었다. 100길쯤 되는 깊이의 물속에서 청새치가 낚싯바늘의 몸통과 뾰족한 끝을 감싸고 있는 정어리 미끼를 먹고 있는 것이었다. 손으로 만든 바늘 중심에 꿰어 놓은 툭 튀어나와 있는 새끼 다랑어 머리를 말이다.

노인은 낚싯줄을 살며시 잡고 왼손으로 낚싯대에서 줄을 풀었다. 이제 고기가 눈치채지 못하도록 손가락 사이로 슬슬 줄을 풀어줄 수 있었다.

이처럼 멀리 나온 데다 9월이니 아마 틀림없이 큰 놈일 것이다. 고기야, 먹어라, 먹어. 얼마나 싱싱한 정어리냐. 100길 아래의 어둡고 차가운 물 속에서 한바퀴 더 돌고 와서 미끼를 덥석 물어다오.

노인은 고기가 미끼를 가볍고 조심스럽게 잡아당기는 것을 느꼈고, 낚싯바늘에 끼워 놓은 정어리 머리를 떼기가 힘든 듯 더욱 힘차게 잡아당기는 힘을 느꼈다. 그러다가 곧 잠잠해졌다.

"계속해!"

노인은 크게 소리내어 말했다.

"한 바퀴 더 돌고 와서, 어서 냄새를 좀 더 맡아라. 구수하잖아? 자, 미끼를 덥석 물어라. 다랑어도 있단 말이야, 단단하고 차가워 구수하단다. 고기야, 망설이지 말고 어서 먹어라."

노인은 엄지와 검지 손가락 사이에 낚싯줄을 잡은 채 기다렸다. 고기가 위아래로 헤엄칠 수도 있으므로 다른 줄을 동시에 지켜보고 있었다. 그러자 고기가 조금 전처럼 살며시 미끼를 건드려 보는 것이었다.

"미끼를 물겠지."

노인이 큰 소리로 말했다.

"하느님, 제발 먹게 해 주십시오."

그러나 고기는 더 이상 먹지 않았다. 멀리 가 버렸는지 아무 반응이 없었다.

"가 버릴 리가 없는데."

노인은 중얼거렸다.

"절대로 가 버릴 리가 없어. 주위를 한 바퀴 돌고

있는 거야. 전에도 바늘에 걸린 적이 있어서 그것을 생각해 냈는지 모르지."

그때 노인은 낚싯줄에 가벼운 반응이 느껴져 흐뭇했다.

"한 바퀴 돌고 왔을 뿐이야."

노인은 회심의 미소를 지으며 말했다.

"이젠 틀림없이 덥석 물 거야."

노인은 낚싯줄을 가볍게 끌어당기는 반응을 느끼고 뛸 듯이 기뻤다. 바로 그때 강하면서 믿을 수 없을 만큼 무거운 힘을 느꼈다. 그 힘은 분명 고기의 무게와 비례했다. 이미 두 개의 예비 낚싯줄 중 한 뭉치를 다 풀려나가도록 노인은 아래로 자꾸만 줄을 풀어주었다. 엄지와 검지 손가락 사이로 줄이 풀려나갈 때는 손가락에 느껴지는 미세한 압력으로도 대단한 무게를 느낄 수 있었다.

"무지무지한 놈이구나."

노인은 약간 흥분된 듯 말했다.

"미끼를 입에 물고 달아나려 하는구나."

하지만 한 바퀴 돌다 와서 미끼를 삼켜 버리겠지.

그러나 노인은 좋은 일은 입 밖에 내면 될 일도 안 되는 수가 있다는 것을 알고 있었기 때문에 말하지 않았다. 노인은 이놈이 얼마나 큰 고기인지를 알고 있었다. 고기가 어둠 속에서 다랑어를 물고 도망가는 모양을 상상해 보았다. 그때 고기의 움직임이 멈추는 것을 느꼈으나 무게는 아직도 묵직했다. 그러다가 더 무거워지는 것을 느끼자, 노인은 낚싯줄을 더 풀어주었다. 노인은 엄지와 집게손가락에 힘을 주어 잠시 꽉 쥐어 보았다. 그랬더니 고기의 무게는 점점 더해지면서 줄이 수직으로 내려가고 있었다.

"드디어 먹었어."

노인은 기쁜 듯 중얼거렸다.

"이제는 실컷 먹도록 해야지."

노인은 손가락 사이로 줄을 계속 풀어주면서 왼손을 아래로 뻗어서 두 개의 예비 낚싯줄에 매여 있지 않은 끝을 다른 낚싯줄의 고리에 단단히 묶었다. 이제 모든 준비가 끝났다. 노인은 지금 쓰고 있는 낚싯줄 이외에도 40길짜리의 낚싯줄을 세 개나 더 갖고 있었다.

"조금만 더 먹어라."

노인은 계속해서 중얼거렸다.

"아주 꿀꺽 삼켜라."

바늘 끝이 심장에 깊숙이 파고들어 목숨을 앗아가도록 꿀꺽 삼켜 버리라고 노인은 주문했다. 마지막엔 순순히 떠올라서 작살로 너를 찌를 수 있게 해다오. 좋아, 준비됐어? 먹을 만큼 먹었어?

"이때다!"

노인은 고함을 지르며 두 손에 힘을 주어 낚아챘다. 1미터쯤 낚싯줄을 끌어들인 다음에 전력을 다하여 양팔을 열심히 움직이며 당기고 또 당겼다.

그러나 놈은 꿈쩍도 하지 않았다. 고기는 오히려 천천히 달아날 뿐이고 노인은 그 고기를 한 치도 끌어올릴 수가 없었다. 낚싯줄은 매우 튼튼하고 큰 고기를 잡기 위해 만든 것이다. 그것을 등에 메고 있자니 줄이 팽팽해지며 물방울이 튀었다. 그러더니 낚싯줄은 물속에서 쉬잇하는 소리를 내기 시작했다. 노인은 자리에 버티고 앉아서 끌리는 힘에 맞서 몸을 뒤로 젖히며 계속 줄을 잡고 있었다. 배가 서북

쪽을 향해서 서서히 움직이기 시작했다.

고기는 끊임없이 헤엄쳐 갔다. 노인과 고기는 겉으로 보면 잔잔한 바다 위를 천천히 달리는 것 같았다. 다른 미끼는 아직 물속에 있었지만, 어찌할 도리가 없었다.

"그 애가 있었으면 좋았을 텐데."

노인은 큰 소리로 외쳤다.

"나는 이제 고기에게 끌려가는 신세구나. 밧줄을 매는 말뚝처럼 말이야. 낚싯줄을 더 세게 당길 수도 있지만 그러다가 이놈이 줄을 끊어 버릴지도 몰라. 나는 힘이 닿는 데까지 낚싯줄을 붙잡고 있다가 이놈이 잡아당기면 줄을 풀어주어야 하지. 그래도 이놈이 옆으로만 달리고 아래로 내려가지 않는 것만도 얼마나 고마운 일인가?"

노인은 끌려가면서도 끊임없이 생각했다. 만약 이놈이 물속으로 내려가려 한다면 그땐 어떻게 하지? 그러다가 물밑으로 가라앉아 죽기라도 한다면 어떻게 할까? 모르겠어. 그러나 무슨 방도가 있겠지. 내가 취할 수 있는 방법이 여러 가지가 있을 테니까.

노인은 낚싯줄을 등에 멘 채 물속으로 뻗은 줄의 경사와 서북쪽으로 계속 움직이는 배를 지켜보고 있었다.

이러다가 죽겠지 하고 노인은 생각했다. 이 짓을 영원히 버틸 수는 없을 테지. 그러나 4시간이 지나도록 고기는 여전히 배를 끌면서 바다 멀리 헤엄쳐 나가고 있었고, 노인도 여전히 줄을 등에 멘 채로 버티고 있었다.

"이놈을 낚은 것이 정오 무렵이었는데."

노인은 중얼거렸다.

"그런데 아직 구경도 하질 못했어."

노인은 이 고기를 낚기 전에 밀짚모자를 깊숙이 눌러쓰고 있었기 때문에 이마가 아팠다. 그리고 목이 말랐으므로 어찌해야 좋을지 잠시 난감해했다. 할 수 없이 노인은 무릎을 꿇고 앉아서 갑자기 줄을 당기지 않도록 조심하면서 될 수 있는 한 이물 쪽으로 가까이 다가가서 한 손으로 물병을 집어 들었다. 마개를 열고 물을 조금 마셨다. 그러고는 이물에 몸을 기대어 잠시 쉬었다. 내려놓은 돛대에 앉아 쉬면서 아무 생각 없이 참고 견디려고 애썼다.

 문득 뒤를 돌아보았지만, 육지는 보이지 않았다. 하지만 그런 것은 상관없다고 노인은 생각했다. 언제든지 아바나 항구에서 비치는 불빛을 따라 돌아갈 수 있었다. 해가 지려면 아직 두 시간이 더 남았어. 저 고기가 그 전에 나타나겠지. 만일 그렇지 않으면 달이 뜰 때까지는 나타나겠지. 그것도 아니라면 다음날 해가 뜰 때는 올라오겠지. 아직 쥐도 나지 않고 힘도 충분하단 말이야. 입에 바늘을 물고 있는 것은 바로 저 큰 고기이다. 저렇게도 힘차게 버티다니 대단한 놈이야. 고기는 낚싯바늘을 문 채 입을 꽉 다물고 있을 것이다. 그 모습을 좀 보았으면 좋겠다. 내 상대가 어떤 놈인지 알기 위해서라도 꼭 한 번 보고 싶다.

 노인은 하늘에 나타난 별들을 올려 보고, 고기가 밤새도록 진로를 바꾸지 않았음을 알았다. 해가 지고 나니 추워졌다. 등과 팔다리에서 흘러내렸던 땀이 차갑게 식었다. 낮에 노인은 미끼통을 덮었던 부대를 벗겨서 햇볕에 말렸었다. 노인은 해가 지자 그 부대를 목에다 둘러메고 등으로 늘어뜨리고는 어깨에 걸치고 있는 낚싯줄 밑으로 조심스레 밀어 넣었다. 부대가 쿠션처럼 낚싯줄을 받쳐 주어 이물에다 대고 적당하게 앞으로 기대어 보니 조금 편안했다. 사실은 그 자세가 그저 약간 견딜만한 정도였지만 노인은 거의 편안해진 것처럼 느껴졌다.

나도 저 고기를 어떻게 할 도리가 없지만, 저 고기도 나를 어쩌지 못하고 있는 거라고 노인은 생각했다. 다만 녀석이 이렇게 버티고 있는 한 서로 어쩔 수 없는 거야.

노인은 중간에 한 번 일어서서 뱃전 너머로 오줌을 누고 별을 쳐다보며 진로를 확인했다. 낚싯줄은 노인의 어깨에서 물속으로 곧게 뻗어 일직선으로 잠겨 있었는데, 그 모양이 마치 인광의 줄무늬처럼 뚜렷하게 보였다. 이제 그들은 천천히 움직여 갔고, 아바나 항구의 불빛이 그다지 강하지 않은 것으로 보아 조류에 밀려 동쪽으로 가고 있음을 노인은 직감하고 있었다. 만일 아바나 항구의 불빛이 보이지 않으면 더욱 확실하게 동쪽으로 가고 있음이 틀림없는 거라고 노인은 생각했다. 만일 고기가 정확히 그대로만 나아가고 있다면 아직 몇 시간은 더 불빛을 볼 수 있을 것이다. 오늘 메이저리그 경기는 어떻게 됐는지 궁금하군, 노인은 생각했다. 이럴 때 라디오를 들을 수 있다면 정말 멋질 텐데. 그러다가 노인은 생각했다. 한순간도 고기를 잊어서는 안 돼. 지금 하는 일에만 전념하자. 어리석은 행동은 그만두어야지.

 노인은 소년이 보고 싶은 듯 큰 소리로 말했다.

 "그 애가 있었으면 정말 좋았을 텐데. 나를 도와주고 이런 구경도 할 수 있었을 텐데."

 늙을수록 혼자 있을 게 아니라고 노인은 생각했다. 그러나 난 어쩔 수 없는 일이야. 다랑어가 더 상하기 전에 먹어야 한다. 그래야 힘을 유지할 수 있다. 잊지 말고, 아무리 식욕이 없더라도 아침에는 저 다랑어를 반드시 먹어야 해. 노인은 다짐하려는 듯 중얼거렸다.

 밤새 돌고래 두 마리가 배 주위를 왔다 갔다 하면서 물속에서 뒹굴고 물을 뿜는 소리를 노인은 들었다. 노인은 수놈이 물 뿜는 소리와 암놈이 한숨 쉬

듯 물 뿜는 소리를 정확하게 구별할 수 있었다.

"좋은 놈들이야."

노인은 큰 소리로 말했다.

"그들은 함께 놀고, 장난치고 서로 사랑한단 말이야. 날치와 마찬가지로 우리에겐 이놈들도 형제 같은 놈들이야."

노인은 이렇게 말하고 나자 자신이 낚은 큰 고기가 갑자기 불쌍해졌다. 이놈은 근사하고 이상한 놈이야. 얼마나 나이를 먹었을까 하고 노인은 생각했다. 이렇게 힘센 고기를 잡아 본 적도 없었지만, 이처럼 이상한 놈도 처음이다. 아마 너무 약아 빠져서 물 밖으로 뛰어오르지 않은가 보다. 만약 이놈이 뛰어오르거나 사납게 돌진해 오면 나를 괴롭힐 수도 있어. 그러나 아마도 여러 번 낚시에 걸려 본 경험이 있어서 이놈은 이렇게 싸워야 한다는 것을 알고 있는지도 모르지. 이놈하고 겨루고 있는 상대가 겨우 한 사람뿐이고, 그것도 노인이라는 것을 이놈은 알 리가 없지. 그런데 이 고기는 어마어마하게 큰 놈이다. 고기 맛이 좋다면 값이 꽤 나갈 거야. 이 고기는 맹렬히 미끼에 달려들어, 끌고 가면서 인간과 싸우는데도 전혀 당황하는 기색이 없는 걸 보니 분명 수컷 같다. 도대체 무슨 계획이라도 있는 것인지, 또 나처럼 필사적으로 버티는 건지 도무지 알 수 없어 답답하단 말이야.

노인은 언젠가 청새치 한 쌍 중에서 한 마리를 낚은 적이 있었다. 미끼를 찾으면 언제나 수컷이 암컷을 먼저 먹게 하는데 그날도 예외는 아니었다. 낚시에 걸린 암컷은 공포에 질려서 필사적인 투쟁을 하더니 마침내 기진맥진해 버렸다. 그때 수컷은 시종일광 암컷 곁을 떠나지 않고 낚싯줄을 넘어 다니면서 암컷과 더불어 해면을 빙빙 돌고 있었다. 노인은 수컷이 가까이에 다가왔을 때, 꼬리가 낫처럼 날카롭고, 크기나 모양도 큰 낫과 비슷하여 그 꼬리로 낚싯줄을 끊어 버리지 않을까 걱정되었다. 노인이 암컷을 갈고리로 끌어당겨 몽둥이로 후려갈기고 끝이 까칠까칠한 뾰족한 주둥이를 잡아 거의 거울의 뒷면 같은 색깔이 될 때까지 후려치자, 소년이 도와서 배 안으로 끌어들였다. 그때까지도 수컷은 뱃전을 떠나지 않았다. 노인은 낚싯줄을 정리하고 작살을 준비하는 동안에도 수컷은 암컷이 어디 있는지 확인하려는 듯 공중을 높이 뛰어올랐다. 그러더니 엷은 보랏빛 날개 같은 지느러미를 활짝 펴서 화려한 무늬를 보이면서 물속 깊이 헤엄쳐 들어가 버렸다. 참으로 아름다운 놈이었지. 그리고 참 오랫동안 암컷 곁에 붙어 있었다고 노인은 추억을 떠올렸다.

평생 고기잡이에서 만난 제일 슬픈 광경이었다고 노인은 생각했다. 소년도 슬퍼했고, 노인과 소년은 그 고기에게 용서를 비는 마음을 가지며 빠르게 칼질을 해 버렸다.

"그 애가 있었으면 좋을 텐데."

노인은 습관적으로 중얼거렸다. 이물의 둥그스름한 널빤지에다 몸을 기대자, 어깨를 가로질러 메고 있는 낚싯줄을 통해서 스스로 선택한 방향으로 꾸준히 달리고 있는 고기의 무게가 느껴졌다. 일단 내게 걸려든 이상 고기가 어떤 짓이든 선택해야만 했을 거라고 노인은 생각했다. 고기의 선택이란 모든 올가미나 덫이나 계책이 미치지 못하는 깊고 어두운 바닷속에 남아 있자는 것이다. 하지만 나의 선택이란 이 세상 모든 사람이 미치지 못하는 곳까지 찾아가는 것이다. 우리는 정오부터 오로지 둘만이 같이 있었을 뿐, 고기나 나를 도와줄 대상이 아무도 없다.

어쩌면 자신이 어부가 되지 않는 것이 좋았을지도 모른다고 노인은 생각했다. 하지만 나는 어부가 되려고 태어나지 않았던가? 그것은 틀림없는 사실이다. 따라서 날이 밝거든 잊지 말고 꼭 다랑어를 먹어야 한다고 노인은 다짐했다.

날이 밝기 조금 전에 노인의 뒤에 있는 낚시 중 하나에 무엇인가 걸린 느낌이 들었다. 막대가 부러지는 소리가 들리더니 줄이 뱃전 너머로 마구 풀려나가고 있었다. 어둠 속에서도 노인은 선원용 나이프를 빼어 들고는 큰 고기가 팽팽히 잡아끄는 힘을 왼쪽 어깨로 버티면서, 뱃전에서 끌려가고 있는 낚싯줄을 끊어 버렸다. 그러고 나서 노인은 어둠 속에서 가까이 있는 다른 낚싯줄을 끊어 예비용 뭉치의 풀어진 끄트머리를 단단히 매어놓았다. 노인은 한 손으로도 익숙하게 낚싯줄을 다루었으며 매듭을 맬

때는 발로 줄을 눌렀다. 이제 노인은 여섯 개의 예비 낚싯줄 뭉치가 준비되었다. 지금 막 끊어버린 데서 두 개가 생겼고, 두 개는 고기가 미끼를 따 먹어버린 데서 거두어들여 그것들을 모두 연결해 놓았다.

날이 밝으면 40길짜리 줄이 있는 곳으로 가서 그것도 끊어 예비 뭉치에 이어야겠어. 잘못하면 질 좋은 200길짜리 카탈루냐산 낚싯줄과 목줄을 잃고 말겠군. 하지만 그것들은 언제든지 구할 수도 있어. 내가 다른 고기를 잡느라고 이 녀석을 놓쳐 버린다면 무엇으로 보상을 받겠는가? 이제 막 미끼를 문 고기가 무엇인지 모르겠어. 청새치나 황새치, 아니면 상어였겠지. 줄을 잘라 내는 데에만 급급해서 미처 어떤 놈인지 느껴 보지도 못했네.

노인은 또 소년이 그리운 듯 말했다.

"그 애가 있었으면 정말 좋겠는데."

그러나 소년을 데리고 오지 않았으니 할 수 없다고 노인은 생각했다. 혼자뿐이다. 이제 어둡든 어둡지 않든 마지막 낚싯줄이 있는 데로 가서 그 줄마저 끊어 버리고 두 개의 예비 뭉치를 만들어 두는 것이 최선책일 것 같았다.

노인은 주저하지 않고 그렇게 했다. 어둠 속에서 이런 일을 하는 것은 무척 힘들었다. 한번은 고기가 푸득거리는 바람에 얼굴을 처박고 넘어졌는데 그만 눈 아래쪽이 찢어지고 말았다. 피가 뺨을 타고 흘러내렸으나 턱까지 내려오기도 전에 말랐다. 노인은 다시 이물 쪽으로 기어가서 뱃전에 기대어 쉬었다. 노인은 부대를 잘 조정하면서 낚싯줄을 조심스레 옮겼다. 부대를 걸치고 있던 한쪽 위의 낚싯줄을 다른 쪽 어깨로 옮겨 메고는 다시 줄을 고정했다. 고기가 끄는 힘을 조심스레 가늠해 보며 손을 물에 담가서 배의 속력을 알아보기도 했다.

무엇 때문에 고기가 갑자기 요동을 쳤을까, 노인은 생각해 보았다. 틀림없이 낚싯줄이 그 커다란 등 위를 스쳤을 것이다. 하지만 그놈의 등은 내 등만큼 아프지는 않을 것이다. 아무리 큰 놈이라도 이 배를 영원히 끌고 갈 수는 없을 것이다. 문제가 되는 것은 이제 모두 해결되었고, 줄은 얼마든지 있다. 나는 더 이상 바랄 것이 없다.

"고기야."

노인은 큰소리로 다정하게 불렀다.

"나는 죽을 때까지 너와 같이 있을 테다."

물론 너도 나하고 같이 있겠지, 하고 생각하면서 노인은 날이 밝기만을 기다렸다. 날이 밝기 직전이라 몹시 추웠으므로 노인은 몸을 녹이기 위해 뱃전에 몸을 기대고 여기저기 문질렀다. 저놈이 버틸 수 있는 데까지는 나도 버틸 수 있다고 노인은 생각했다. 날이 밝아 오자 낚싯줄이 팽팽히 당겨지더니 물속으로 내려갔다. 배는 여전히 끌려가고 있었고, 해가 수평선 위로 떠오르자 어느새 빛이 노인의 어깨 위에 와닿았다.

"이놈이 북쪽으로 가고 있구나."

노인은 중얼거리며 조류가 배를 훨씬 동쪽으로 몰고 갈 것이라고 생각했다. 고기가 조류를 따라 그대로만 가 준다면 좋겠다. 그것은 바로 고기가 지쳤다는 증거다.

해가 한층 높이 떠올랐다. 노인은 지금까지도 고기

가 지치지 않았다는 것을 알 수 있었다. 한가지 아주 좋은 징조가 보였다. 낚싯줄의 경사로 봐서 고기가 덜 깊은 곳에서 헤엄쳐 가고 있는 것이었다. 반드시 고기가 뛰어오른다고 할 수 없지만 그럴 가능성은 있었다.

"하느님, 제발 저놈이 뛰어오르게 하여 주소서."
노인은 기도하듯이 말했다.

"아직 저놈을 다룰 만한 줄이 충분히 있습니다."
혹시 내가 조금 더 줄을 팽팽하게 잡아당기면 이놈은 아파서 금방 뛰어오를 것이다. 이제 날이 밝았으니, 녀석을 뛰어오르도록 해서 등뼈에 붙어 있는 부레에 공기가 차서 깊은 물 속에서 죽지 않도록 해야겠다.

노인은 낚싯줄을 좀 더 당겨 보려고 했으나, 줄은 처음 고기가 걸렸을 때나 마찬가지로 팽팽한 그대로였다. 노인이 잡아당기려고 몸을 뒤로 젖히자, 곧바로 고기의 반응이 강해서 더 이상 잡아당겨서는 안 되겠다고 생각이 들었다. 갑자기 잡아당겨서는 안 되지. 갑자기 잡아당길 때마다 낚시에 찢긴 상처가

넓어져서, 고기가 뛰어오를 때 바늘이 빠져나갈지도 몰라. 어찌 됐든 해가 뜨니까 기분이 한결 좋았다. 이번에는 해를 똑바로 쳐다보지 않도록 자리를 잡아야지.

낚싯줄에는 누런 해초가 걸려 있었으나 오히려 고기가 그것까지 끌려면 더 힘들 것이라고 생각하자 오히려 기분이 좋아졌다. 밤에 그렇게 많은 인광을 발하던 누런 해초였다.

"고기야."

노인은 말했다.

"난 너를 사랑한다. 너를 아주 존경한다. 그렇지만 오늘 안으로 반드시 너를 죽이고 말겠다."

제발 그렇게 되기를 바라며 노인은 다짐했다. 그때 마침 작은 새 한 마리가 북쪽에서 배를 향해 날아왔다. 휘파람새였다. 새는 수면 위를 낮게 날고 있었다. 노인은 그 새가 무척 지쳐 있음을 알 수 있었다. 새는 배의 뱃고물로 날아와 앉았다. 그러다 노인의 머리 주변을 빙빙 돌더니 조금 안심이 되었는지 좀 더 편한 낚싯줄 위에 앉았다.

"넌 몇 살이지?"

노인이 새에게 물었다.

"이번이 첫 여행이니?"

노인이 그렇게 말을 하자 새가 노인을 바라보았다. 그러나 새는 너무 지쳐서 낚싯줄을 살피지도 않고 앉아 있었다. 가냘픈 발로 줄을 꽉 잡은 채 기우뚱거렸다.

"튼튼한 줄이란다."

노인이 즐거운 듯 새에게 말했다.

"아주 튼튼해. 어젯밤에 바람도 없었는데 그렇게 지치다니. 새들은 무엇 때문에 이렇게 날아다니는 것일까?"

조금 있으면 매가 저 새들을 잡으러 바다로 나오겠지, 하고 노인은 생각했다. 그러나 그 말을 새에게는 하지 않았다. 알아듣지도 못한 새에게 말해봐야 소용없고, 좀 있으면 그 새도 매가 있음을 알게 될 것이다.

"푹 쉬어라, 작은 새야."

노인은 부드러운 목소리로 말했다.

"그런 다음 열심히 날아가서 사람이나 새나 고기처럼 되든 안 되든 모험을 해 보거라."

밤새 낚싯줄 때문에 등이 뻣뻣해지고 너무 아팠다. 그래서 자꾸 말을 하게 되는 것 같았다.

"너만 좋다면 여기서 묵어가렴, 새야."

노인은 상냥하게 말했다.

"미풍이 일기 시작하니 돛을 달고 너를 데려다 주었으면 좋겠지만 미안하구나. 하지만 난 지금 상대해야 할 친구가 있단다."

바로 그때 고기가 갑자기 요동을 치는 바람에 노인은 그만 이물 쪽으로 넘어졌다. 노인이 발로 버티면서 줄을 놓아주지 않았더라면 물속으로 끌려 들어갈 뻔했다.

낚싯줄을 갑자기 당기는 바람에 새는 날아가 버렸다. 그러나 노인은 새가 날아가는 것을 보지 못했다. 노인은 오른손으로 조심스럽게 줄을 만져 보다가 손에서 피가 흐르는 것을 보았다.

"무엇인가 저 고기를 아프게 한 모양이야."

노인은 큰 소리로 말을 하다가 고기의 방향을 돌릴

수 있는지 알아보려고 살짝 줄을 당겨 보았다. 줄이 끊어질 지경으로 팽팽했지만 노인은 줄을 꼭 쥔 채 뒤로 몸을 버티어 보았다.

"너도 이제 내가 당기는 것을 느끼는구나."

노인은 말했다.

"그렇지만 사실은 나도 마찬가지야."

노인은 새가 같이 있어 주었으면 하는 생각이 들어 주위를 둘러보았다. 말동무가 아쉬웠기 때문이다. 새는 이미 날아가 버리고 없었다.

오래 쉬지도 못하고 가 버렸다고 노인은 생각했다. 그러나 해변에 닿을 때까지는 더욱 험난한 길이 따를 것이다. 그런데 고기가 이 정도로 한 번 급히 당긴다고 해서 다치다니, 어찌 된 셈이지? 나는 점점 더 멍청해진 모양이야. 아니면 아까 그 작은 새를 쳐다보다 정신을 팔고 있었는지 모른다. 이젠 나는 내 일에만 열중하고 더 힘이 빠지지 않게 다랑어나 먹어야겠다.

"그 애가 여기 같이 있었다면 좋았을 텐데. 그리고 소금도 조금 있으면 얼마나 좋을까."

노인은 중얼거렸다.

낚싯줄의 무게를 왼쪽 어깨로 옮기고, 조심스럽게 무릎을 꿇고 바닷물에 손을 씻었다. 그런 다음 손을 바닷물에 담근 채 피가 길게 흘러내려 사라지는 것을 지켜보았다. 그리고 배가 움직일 때 손에 부딪치는 물결을 물끄러미 바라보았다.

"속도가 훨씬 느려졌어."

노인은 말했다.

노인은 좀 더 바닷물에 손을 담그고 싶었지만 고기가 갑자기 요동을 칠까 두려워 발로 버틴 채 일어나서 손을 햇빛에 말렸다. 상처가 난 것은 낚싯줄 때문이었지만, 그 부분은 손에서 제일 중요하게 쓰이는 부분이었다. 노인은 이 일이 끝나기까지 손이 필요하다는 것을 잘 알고 있었기 때문에 일이 시작되기도 전에 손을 다치고 싶지가 않았다.

"자, 그럼."

손이 다 마르자 노인은 말했다.

"다랑어 새끼를 먹어야겠다. 갈고리로 끌어다가 여기 앉아 편하게 먹어야지."

노인은 무릎을 꿇고 갈고리로 고물 밑에서 다랑어를 찍어 올렸다. 그러고는 사려 놓은 낚싯줄에 닿지 않도록 조심스레 앞으로 끌어당겼다. 낚싯줄을 다시 왼쪽 어깨로 옮겨 메고 왼손과 왼팔로 감아쥐고는 다랑어를 갈고리에서 빼낸 다음 갈고리는 제자리에 던졌다. 노인은 한쪽 무릎으로 다랑어를 누르고 뒤통수에서 꼬리까지 칼집을 낸 뒤 검붉은 살점을 발라냈다. 살코기는 쐐기 모양이 되었으며 노인은 그것들을 등골 바로 옆에서부터 배 끝까지 잘랐다. 노인은 여섯 토막을 낸 다음 그것들을 이물 판자 위에 늘어놓고 칼에 묻은 피를 바지에다 닦으며 뼈대와 꼬리는 뱃전 너머로 던져 버렸다.

  "한쪽을 다 먹을 것 같지 않은데."

  노인은 중얼거리면서 칼로 한쪽을 잘랐다. 노인은 큰 고기가 아직도 줄을 세게 끌어당기고 있음을 느낄 수 있었다. 왼손에서는 쥐가 났다. 무거운 줄을 잡은 손이 빳빳이 오그라들어 노인은 괴로운 표정을 지으면서 손을 쳐다보았다.

  "어떻게 된 놈의 손이야?"

노인은 말했다.

"쥐가 날 테면 나라지. 매 발톱처럼 오그라들라면 들라지. 그래봐야 아무 소용이 없어."

자, 해 볼 테면 해 보라고 노인은 중얼거리면서 컴컴한 물속으로 비스듬히 내려간 낚싯줄을 쳐다보았다. 지금 이것을 먹어야 이 손이 펴질 것이다. 손이 잘못한 것은 아니다. 벌써 오랫동안 고기와 싸우고 있기 때문이다. 그러나 나는 끝까지 버텨야 한다. 이제 다랑어를 먹어 두자.

노인은 다랑어 살 한 점을 집어 입에 넣고는 천천히 씹었다. 맛은 괜찮았다. 천천히 잘 씹어서 모든 양분을 섭취하자고 노인은 생각했다. 이럴 때 '라임'이나 '레몬'을 곁들이거나 소금을 쳐서 먹으면 더욱 먹기가 좋을 것이다.

"손아, 넌 좀 어떠냐?"

노인은 쥐가 나서 빳빳해진 손을 내려다보며 걱정스레 물었다.

"너를 위해 먹기 싫어도 좀 더 먹어 두어야겠어."

노인은 두 쪽으로 잘라둔 것 중 남은 한쪽을 먹었

다. 씹어 먹다가 껍질만 뱉었다.

"손아, 이제 좀 어때? 좀 더 있어야 하겠니?"

노인은 한 토막을 더 집어서 통째로 먹었다.

"다랑어는 심심하고 영양이 많은 고기란 말이야."

노인은 생각했다.

"그래도 만새기 대신 이놈을 잡게 된 것이 다행이야. 만새기는 너무 달단 말야. 이놈은 단맛은 없지만 살이 싱싱해."

실질적인 생각 이외에는 모든 게 다 소용이 없다고 노인은 생각했다. 소금이 좀 있으면 좋겠다. 그런데 남아있는 고기는 햇볕에 상해버리거나 말라버릴지도 모른다. 별로 시장하지는 않지만, 먹어두는 것이 좋겠다고 노인은 생각했다. 물속에 있는 저놈은 아직도 조용하고 침착하다. 나도 이걸 먹어 치우고 만반의 준비를 갖추어야 한다.

"손아, 좀 참아다오."

노인은 말했다.

"너를 위해 이걸 먹고 있잖아."

노인은 물속에 있는 저 고기에게도 이것을 좀 먹였

으면 하고 생각했다. 너는 나와 형제니까. 그렇지만 나는 너를 죽여야 하고, 그러기 위해서는 이걸 먹고 기운을 내야 한다. 노인은 쐐기 모양의 고기 한 토막을 다 먹었다.

노인은 허리를 쭉 펴고 손을 바지에 닦았다.

"자."

노인은 왼손과 다정하게 말했다.

"손아, 이젠 낚싯줄을 안 잡아도 된다. 네가 바보짓을 그만둘 때까지 오른손으로 고기를 다룰 테니까."

노인은 왼손으로 잡고 있던 낚싯줄을 왼발로 밟고, 몸을 젖히면서 죄어 오는 힘을 버티려고 안간힘을 썼다.

"하느님, 손에 난 쥐가 낫도록 해 주소서."

노인이 간절히 기도하듯 말했다.

"도대체 이놈이 무슨 짓을 하려는지 알 수가 없어요."

그러나 고기는 조용히 자신의 계획대로 해나가고 있다고 노인은 생각했다.

그러면 그 고기의 계획이란 무엇이며, 또 나의 계획이란 무엇인가? 너무도 큰 놈이니까 내 계획은 그놈의 태도에 따라 임기응변으로 세울 수밖에 없다. 이 고기는 물 위로 뛰어오르면 죽일 수 있다. 이놈은 언제까지 물속에 버티고 있어서 나도 이놈과 함께 버티고 있을 수밖에 없다.

노인은 쥐가 난 왼손을 바지에 문질러 손가락에 난 경련을 누그러뜨리려고 애썼다. 그러나 손가락은 펴지지 않았다. 햇빛을 받으면 펴지겠지, 하고 노인은 생각했다. 방금 먹은 팔팔한 다랑어가 소화되면 펴지겠지. 만일 이 손이 있어야만 한다면 어떻게 해서라도 펴놓겠다. 그러나 지금은 억지로 펼 생각은 없다. 저절로 펴져서 원상태로 돌아가게 하자. 지난밤에 여러 낚싯줄을 풀고 매고 하느라고 손을 너무 많이 쓴 탓이다.

노인은 물끄러미 바다 저편을 바라보며 새삼스럽게 자신의 외로움을 뼈저리게 느꼈다. 그러나 노인은 깊고 어두운 물속에서 일곱 색깔의 광채를 볼 수 있었고, 팽팽하게 앞으로 뻗어나간 낚싯줄과 잔잔한 바다의 이상한 물의 파동을 볼 수 있었다. 무역풍이 불면서 뭉게구름이 피어오르고 있었다. 앞을 내다보니 구름이 피어난 그 아래로 한 떼의 물오리가 자태를 나타냈다 흩어지고 다시 또 뚜렷이 나타나곤 했다. 노인은 그런 모습을 보며 바다에서는 결코 외롭지 않다는 것을 알았다.

노인은 어부 중에 조그만 배를 타고 육지가 보이지 않는 먼바다까지 나가는 것을 무서워하는 사람이 있는데 어째서 그런 생각을 하는 걸까, 하고 노인은 생각했다. 하긴 갑자기 날씨가 나빠지는 계절에는 그럴 수도 있지. 그러나 지금은 태풍이 부는 계절이고, 태풍만 불지 않는다면 일 년 중에서 고기잡이에 가장 좋은 계절이다.

바다에 나가 보면 태풍이 불어올 것이라는 징조를 며칠 전부터 하늘에서 찾아볼 수 있다. 육지에서는 앞을 내다볼 수 없기 때문에 이런 징조를 못 보는 것이라고 노인은 생각했다. 육지에서도 구름의 모양이 달라지는 것은 틀림없다. 그러나 지금은 태풍이 불어올 조짐은 전혀 없었다.

하늘을 쳐다보니 달콤한 아이스크림 같은 하얀 뭉게구름이 보이고, 더 높은 창공에는 깃털 같은 새털구름이 드높은 9월 하늘을 배경으로 움직이고 있는 것이 보였다.

"가벼운 브리사(스페인어로 '산들바람' 또는 '무역풍'이라는 뜻.)가 부는군!"

"노인은 소리치듯 말했다.

"고기야, 너보다는 나에게 유리한 날씨야."

왼손은 아직 쥐가 나 있었지만, 노인은 천천히 손가락 하나를 풀어주고 있었다. 쥐가 나는 것은 정말 질색이라고 노인은 생각했다. 그것은 자기 몸에 대해 배반하는 일이다. 남들 앞에서 식중독으로 설사를 한다거나 구토를 하는 것은 창피한 일이다. 그런데 쥐라는 것은, 스페인어로 '칼람브레'라고 하며 특히 혼자 있을 때는 스스로가 창피한 일이다.

만일 소년이 지금 이 자리에 있다면 팔을 주물러서 쥐가 난 것을 풀어주었을 것이다. 하지만 틀림없이 풀어질 것이라고 노인은 생각했다.

그때 노인은 오른손으로 낚싯줄의 당기는 힘이 달

라진 것을 느꼈고, 물속에 잠긴 줄에 변화가 생긴 것을 보았다. 노인은 낚싯줄에 몸을 기대고 쥐를 풀려고 왼손을 허벅지에 내리치고 있는데, 서서히 낚싯줄이 위로 올라오는 것을 보았다.

"드디어 이놈이 올라오는구나."

노인은 흥분하며 말했다.

"어서 떠올라라, 제발 어서."

줄은 천천히 계속 올라오더니 배의 앞쪽 해면이 부풀어 오르더니 고기의 모습이 드러나기 시작했다. 고기가 점점 올라옴에 따라 양쪽으로 물이 갈라지며 쏟아져 내렸다. 햇빛을 받아 번쩍거리는 머리와 등은 짙은 자주색이었고, 양옆의 줄무늬는 연보랏빛으로 빛났다. 주둥이는 야구 방망이처럼 길고 끝이 칼날처럼 뾰족했다. 고기는 물 밖으로 온몸을 드러내 보이더니 잠수부처럼 미끄럽게 다시 물속으로 들어가 버렸다. 고기의 큰 낫의 날과 같은 꼬리가 물속으로 들어가면서 동시에 줄이 재빨리 풀려나기 시작했다.

"내 배보다 60센티미터는 더 길겠는데."

노인은 말했다. 낚싯줄은 빠르지만, 꾸준히 풀려나가는 것으로 보아 고기는 조금도 당황하지 않은 것 같았다. 노인은 두 손으로 줄이 끊어지지 않을 정도로 잡아당겼다. 적당히 당기면서 고기를 견제하지 않으면 고기가 줄을 있는 대로 끌고 가서 마침내 끊어버릴 것이라는 사실을 노인은 알고 있었다.

대단히 큰 놈이니까 자신도 저놈에게 만만치 않다는 것을 보여주어야 한다고 노인은 생각했다. 자기 힘이 세다는 것을 알게 해서는 안 된다. 또 자기가 달아나기로만 마음먹으면 상대방이 골탕을 먹는다는 걸 알려서는 안 된다. 내가 저 고기라면 무언가 끝장날 때까지 해보겠다. 그러나 고맙게도 고기들은 그들을 죽이는 인간보다 영리하지 못하다. 우리 인간보다 훨씬 기품이 있고 능력이 있더라도 말이다.

노인은 큰 고기를 많이 보아 왔다. 무게가 500킬로그램이 넘는 큰 고기도 여러 마리 보았고, 지금까지 그만한 큰 고기도 두 마리나 잡은 적이 있었다. 물론 혼자 잡은 것은 아니었다. 그런데 지금은 혼자서 육지가 보이지 않는 곳까지 나와서, 이제껏 본 것

중에서 가장 크고 이야기조차 들어본 적이 없는 거대한 고기와 맞붙었다. 그런데 왼손은 아직도 독수리 발톱처럼 딱딱하게 굳어 있었다.

그래도 쥐가 곧 풀릴 것이라고 노인은 생각했다. 틀림없이 쥐가 풀려서 오른손을 도와줄 거야. 나에겐 형제간이라고 할 수 있는 것이 세 가지가 있는데 바로 저 고기와 내 양손이다. 그러나 쥐가 난 손은 꼭 풀릴 것이다. 쥐가 난다는 것은 손으로서의 가치가 없는 것이다. 고기는 다시 속력을 늦추어 평소와 같은 속도로 끌고 있었다.

이놈의 고기가 왜 뛰어올랐는지 모르겠다고 노인은 생각했다. 고기는 마치 자기가 얼마나 큰가 보여주려는 듯이 뛰어오른 모양이었다. 어쨌든 이젠 충분히 알았다고 노인은 생각했다. 그리고 나도 내가 어떤 사람인지 너에게 알려주어야겠다. 그렇게 되면 너는 나의 쥐가 난 손을 보게 되겠지. 어떻게든 내가 실제보다 더 강한 인간이라는 사실을 보여 주어야지. 반드시 그렇게 될 것이다. 자기의 모든 걸 가지고 오직 내 의지와 지혜에 맞서고 있는 저 고기가 되고 싶다고 노인은 생각했다.

 노인은 가능하면 편한 자세로 뱃전에 몸을 기대 고통을 견디려고 애썼다. 고기는 꾸준히 움직이고 있었고, 배는 어두운 물을 헤치며 천천히 나아갔다. 샛바람이 불자 파도가 일었고, 한낮이 되자 노인의 왼손에 났던 쥐도 풀렸다.

 "고기야, 너에게는 반갑지 않은 소식이다."

 노인은 어깨를 덮고 있던 자루를 매만져 낚싯줄을 옮겨 놓으며 말했다. 조금 편안한 자세가 되기는 했으나 그래도 고통은 여전했다.

 "나는 독실한 신자는 아니지만 이 고기를 잡게만 해 준다면 주기도문과 성모송을 열 번이라도 외겠어. 코브레 성당의 성모 마리아님을 보러 순례도 가겠어. 맹세해."

 그는 기계적으로 기도문을 외우기 시작했다. 이따금 너무나 피곤해서 기도문을 기억할 수 없을 지경이 되곤 했지만, 다시 재빨리 외워 보면 자동으로 뒤의 구절이 떠오르곤 했다. 그가 생각하기에는 성모송이 주기도문보다 더 쉬웠다.

"은총이 가득하신 마리아 님이여, 기뻐하소서. 주께서 함께 계시니 여인 중에 복되시며, 태중의 아들 예수님 또한 복되시도다. 천주의 성모 마리아 님이여, 이제와 저희 죽을 때에 우리 죄인을 위하여 빌어 주소서. 아멘."

노인은 한마디를 덧붙였다.

"복되신 마리아 님이여, 마지막으로 이 고기의 죽음을 위하여 기도해 주십시오. 훌륭한 고기이긴 합니다만."

기도를 마치고 나니 한결 기분이 나아졌지만 고통스러운 건 마찬가지였다. 전보다 더 심해진 것도 같았다. 노인은 뱃머리의 판자에 몸을 기댄 채 왼손 손가락을 기계처럼 자꾸 움직여 보았다. 미풍이 가볍게 일고 있었으나 햇볕이 제법 따가웠다.

"작은 줄에 미끼를 새로 달아서 뱃고물 쪽으로 드리워 두는 것이 좋겠는데. 만일 녀석이 이대로 하룻밤을 더 버틸 작정이라면 나도 뭐든지 좀 더 먹어야 하겠는데, 병 속의 물이 거의 떨어질 지경이 되었으니. 이 근처에서는 만새기밖에 잡힐 것 같지 않은데.

오늘 밤엔 날치라도 배 위로 날아들었으면 좋겠지만, 날치를 끌어들일 만한 불이 있어야 말이지. 날치는 날로 먹어도 맛이 좋고, 칼질할 필요도 없을 텐데. 이젠 나는 최대한 힘을 아껴야겠어. 놈이 이렇게 클 줄은 정말 몰랐단 말이야. 그래도 저 고기는 내 손에 죽게 될 거야. 그의 모든 위대함과 영광이 절정에 이르렀을 때 죽게 될 테지."

노인은 생명을 죽이는 것이 옳은 일은 아니더라도, 인간이 할 수 있는 일이 어떤 것인지, 그리고 인간이 얼마나 역경에 잘 견뎌 낼 수 있는지를 고기에게 보여 주고 말겠다고 생각했다.

"나는 그동안 스스로 나를 이상한 노인이라고 소년에게 말했었지. 지금이 바로 그 말을 증명할 때야."

그런 증명이야 이미 이전에 수천 번 넘게 했지만, 지금은 다 무의미한 것 같았다. 노인은 지금 그것을 새롭게 증명해 보려는 것이었다. 기회는 늘 처음처럼 새롭게 왔고, 그럴 때마다 노인은 과거의 일 같은 것은 생각하지 않았다.

녀석이 잠들고, 나도 잠이 들어서 사자 꿈이나 꾸었으면 좋겠는데. 그런데 어째서 나한테 사자가 중요한 존재로 남은 거지? 늙은이, 아무 생각도 하지 말게나. 그는 속으로 중얼거렸다. 자, 뱃전에 기대어 쉬자. 그리고 아무 생각도 하지 말자. 저 녀석은 계속 해서 움직이고 있단 말이다. 그러나 나는 될수록 움직이지 말고 기다려야 한다.

오후로 접어들었다. 배는 아직도 천천히, 꾸준히 움직이고 있었다. 동쪽에서 불어오는 미풍에 밀려 배는 파도 위를 헤치고 나아갔다. 등을 짓누르던 밧줄이 부드러워져 한결 견딜 만해지고 있었다.

오후에 낚싯줄이 한 번 더 올라왔다. 그러나 고기는 수면 위로 약간만 올라와 계속해서 물속을 헤쳐 나아갈 뿐이었다. 햇볕이 노인의 왼팔과 어깨 위에 앉아 있다가 이제는 동쪽으로 옮겨 가는 것을 보고 노인은 고기가 북동쪽으로 방향을 돌렸다는 것을 알았다.

노인은 고기가 물속에서 그 멋진 자줏빛 가슴지느러미를 날개처럼 활짝 펴서 크고 꼿꼿한 꼬리로 어두운 물속을 가르며 나아가는 모양을 그려 보았다. 녀석의 눈이 정말로 크더군. 말은 그보다 훨씬 작은 눈으로도 어둠 속에서 무엇이든 볼 수 있지. 나도 전에는 밤눈이 꽤 밝았어. 아주 캄캄한 데가 아니라면 고양이만큼은 볼 수 있었지.

 해도 뜨고 손가락도 꾸준히 움직인 탓에 왼손의 쥐는 완전히 풀렸다. 그래서 노인은 힘을 왼손에 옮겨 놓기 시작했다. 등 근육을 조금씩 움직여 줄이 살을 파고든 곳을 피해 옆자리로 옮겨 놓았다.

 "고기야, 만약 네가 지치지 않았다면. 너도 나만큼이나 이상한 놈인 게야."

 노인은 이제 지칠 대로 지쳐 있었다. 곧 밤이 될 것 같아 노인은 다른 일이나 생각해 보려고 했다. 그는 야구 리그를 떠올렸다. 노인은 메이저리그라는 영어보다는 스페인어로 '그란 리가스'라고 말하는 편이 더 실감이 나서 좋았다. 노인은 뉴욕 양키스와 디트로이트 타이거스가 시합 중인 것을 알고 있었다.

 오늘이 벌써 이틀째인데, 아직 시합의 결과도 모르고 있다니. 그러나 내 일에 신념을 가져야지. 발뒤꿈치뼈가 아픈 가운데에서도 끝까지 시합을 해내는 위대한 디마지오 선수에게 부끄럽지 않도록 말이다. 발뒤꿈치뼈 타박상이란 것은 어떤 병일까? 우리는 그런 병은 안 걸리는데, 그건 싸움닭의 쇠 발톱을 발뒤꿈치에 박은 것만큼 아픈 것일까? 나는 싸움닭처럼 쇠 발톱을 다는 아픔을 견딘다거나, 한쪽 또는 양쪽 눈이 빠지고도 계속해서 싸울 수는 없을 것이다. 인간은 훌륭한 새나 짐승과 비교할 바가 못 된다. 그래서 나는 지금도 저 컴컴한 바닷속에 있는 고기가 되고 싶다.

"상어만 나타나지 않는다면. 상어가 오면 이제 너나 나나 볼 장 다 본 거다."

노인은 큰 소리로 말했다.

디마지오 선수라면 내가 지금 이 녀석과 겨루고 있는 것만큼이나 오랫동안 저 고기와 싸울 수 있을까, 하고 그는 생각했다. 물론 그럴 거야. 그는 젊고 힘이 있으니까. 그리고 그의 아버지도 한때는 어부였으니까. 그런데 뼈 타박상이란 것이 그렇게도 아픈 병일까?

"모르겠다. 아직 뼈가 아파 본 적이 없으니까."

 해가 지자, 노인은 자기 자신에게 좀 더 자신감을 불어넣으려고 카사블랑카에 있는 술집에서 시엔푸에고스 출신의 흑인 장사와 팔씨름하던 일을 기억해 냈다. 그때 그들은 테이블에 분필로 줄을 긋고 그 위치에 팔꿈치를 올려놓은 채 팔을 꼿꼿이 세웠다. 그리고 서로 손을 움켜잡고 하루 낮, 밤 동안 서로 상대방의 손을 테이블 위에 넘어뜨리려고 애썼다. 돈을 거는 사람이 많아 석유 등잔 불빛 아래서 사람들이 들락날락하며 지켜보았다. 그는 그 흑인의 팔과 손, 얼굴을 똑바로 바라보았다. 처음 여덟 시간이 지나 자, 심판이 잠을 잘 수 있도록 네 시간마다 심판을 바꿨다. 두 사람의 손톱 밑에서 피까지 나왔지만 서로 상대방의 눈과 손, 팔만 쳐다보면서 꼼짝 안 했고, 돈을 건 사람들이 초조한 심정으로 방을 들락거리며 높다란 의자를 벽에 기대어 놓고 거기에 앉아 시합을 지켜보았다. 판자벽은 하늘색으로 칠해져 있었고, 그 벽 위에 두 사람의 그림자가 비치고 있었다. 흑인의 그림자는 엄청나게 커서 미풍이 불어 등불이 흔들릴 때마다 벽의 그림자도 나란히 흔들렸다.

밤새도록 승부는 결정이 나지 않았다. 사람들은 흑인에게 럼주를 주거나 담뱃불을 붙여주기도 했다. 럼주를 마신 다음 흑인은 사력을 다해 안간힘을 쓰더니, 마침내 노인-아니 그때는 노인이 아니라 엘 캄페온(스페인어로 '투사' 혹은 '승자'라는 뜻.) 산티아고라고 불렸지만-의 손을 거의 8센티미터가량이나 눕혔다. 그러나 그도 죽을힘을 다하여 다시 손을 세웠다. 그때 노인은 잘생기고 훌륭한 체력을 가진 이 흑인을 이길 수 있다는 자신감이 생겼다. 새벽이 되자 돈을 건 사람들이 무승부 판결을 원했지만, 심판이 이를 거부하며 고개를 가로저었다. 그때부터 그는 힘을 쓰기 시작해 흑인의 손을 점점 아래로 꺾어 내렸고 마침내 그 손이 테이블에 닿게 만들었다.

결국 시합은 일요일 아침에 시작해서 월요일 아침에 끝이 났다. 그때 돈을 건 대부분의 사람들은 부두에 나가서 설탕 부대를 지거나, 아바나 석탄 회사에 나가 일을 해야 했기 때문에 무승부 선언을 청했던 것이다. 그렇지만 않았다면 다들 시합이 끝까지 가기를 원했을 것이다. 여하튼 노인은 그때 그 사람들이 일하러 가야 할 시간이 되기 전에 시합을 끝냈다. 그 일이 있고 난 뒤 오랫동안 사람들은 그를 챔피언이라 불렀고 봄에는 설욕전까지 벌어졌다. 그러나 사람들은 시합에 돈을 많이 걸지 않았고, 첫 시합에서 시엔푸에고스에서 온 흑인을 꺾어 놓았기 때문에 누구든 쉽게 노인을 이길 수가 없었다. 그후 그는 몇 차례 더 시합을 하고 다시는 시합을 하지 않았다. 원하기만 하면 누구든 이길 수 있었지만, 이런 시합이 고기잡이를 해야 하는 오른손에는 해롭다는 것을 알게 되었기 때문이다. 왼손으로 몇 번 시합을 해본 적도 있다. 그러나 그때마다 왼손은 그를 배신해 요구한 대로 움직여 주지 않았으므로 노인은 자신의 왼손을 믿지 않았다.

따뜻한 햇볕을 쬐면 손이 좀 나아지겠지. 밤에 추워지지만 않는다면 쥐가 다시 나지는 않을 거야. 노인은 오늘 밤엔 또 어떤 일이 생기려나 생각했다.

비행기 한 대가 노인의 머리 위를 지나 마이애미

쪽으로 날아갔다. 그 그림자에 놀라 한 무리의 날치 떼가 뛰어올랐다.

"날치가 저렇게 많은 걸 보니 틀림없이 만새기가 있겠어."

노인은 고기를 조금이라도 당길 수 있을까 싶어서 낚싯줄을 잡아당겨 보았다. 그러나 끊어질 듯 팽팽해진 줄은 부르르 떨면서 물방울을 튕길 뿐 꿈쩍도 하지 않았다.

배가 느린 속도로 전진하고 있는 가운데 노인은 비행기가 보이지 않을 때까지 하늘을 올려다보았다. 비행기를 타고 있으면 기분이 이상할 거야, 하고 노인은 생각했다. 저렇게 높은 곳에서는 바다가 어떻게 보일까? 너무 높이 날지만 않는다면 고기도 잘 볼 수 있을 거야. 나도 비행기를 타고 한 300~400미터의 고도로 천천히 날면서 고기들을 보았으면 좋겠다. 거북잡이 배에서 돛대 꼭대기의 가름대에 올라가 보기도 했었는데, 그만한 높이에서도 보이는 것이 썩 많았었지. 만새기는 진한 녹색으로 보였고 줄무늬며 자줏빛 반점, 고기 떼가 헤엄쳐 나가는 것도 죄다 볼 수 있었어. 어째서 깊은 물 속에 사는 물고기들은 자줏빛 등에다 자줏빛 줄무늬나 반점을 가지고 있을까? 만새기는 사실 황금빛이기 때문에 노란색으로 보이지만 정말 배가 고파서 먹이를 먹을 때는 마치 청새치처럼 배에 자줏빛 줄무늬가 나타나거든. 고기가 화가 나서 그런 걸까, 아니면 한껏 속력을 내서 달리기 때문일까?

 날이 어두워지기 직전이었다. 조그만 섬처럼 큰 모자반류의 해초가 해면 가까이 떠올라 흔들리고 있었다. 그 모습이 누런 담요 아래에서 마치 바다가 누군가와 사랑을 주고받는 듯한 느낌이었다. 막 그 지점을 지날 때 작은 낚싯줄에 만새기 한 마리가 물렸다. 처음 그놈을 본 것은, 그 만새기가 공중으로 뛰어오르면서 마지막 햇빛에 금빛으로 빛나던 모습이었다. 놈은 공중에서 사납게 몸을 푸드덕거렸다. 겁에 질린 만새기는 곡예비행을 하는 것처럼 이리저리 날뛰었다. 노인은 뱃고물 쪽으로 조심조심 옮겨가서 몸을 웅크리고는 오른손과 팔로 큰 줄을 잡고, 왼손으로는 만새기를 끌어당겼다. 끌어들인 줄을 왼쪽 발로 밟아 가며 줄을 당겼다. 뱃고물 가까이 끌려 오자 만새기는 거의 절망적으로 뛰어오르면서 날뛰었다. 노인은 뱃고물 너머로 몸을 내밀어 자줏빛 반점이 어린 금빛 고기를 들어서 그대로 배에 던져 넣었다. 낚싯바늘을 성급히 물어뜯느라, 턱이 발작적으로 움직였다. 길고 넓적한 몸뚱이와 꼬리가 뱃바닥을 세차게 쳐 댔다. 노인은 그 번쩍이는 금빛 머리를 향해 몽둥이를 내리쳤다. 만새기는 잠시 몸을 떨더니 이내 잠잠해졌다.

노인은 만새기의 주둥이에서 낚싯바늘을 빼낸 뒤 그 줄에 다시 정어리를 매달아서 물에 던지고 뱃머리 쪽으로 돌아갔다. 왼손을 씻어 바지에다 닦은 다음 무거운 낚싯줄을 왼손에 옮기고 오른손을 바닷물에 씻었다. 그러면서 노인은 해가 수평선 너머로 잠기는 모습과 굵은 낚싯줄이 비스듬히 기울어져 있는 것을 바라보았다.

저 아래에 있는 고기는 조금도 달라지지 않았구나, 하고 노인은 중얼거렸다. 그러나 손에 와 닿는 물결을 보니, 속도가 눈에 띄게 느려졌다는 걸 알 수 있었다.

"뱃고물에 노 두 개를 가로질러 묶어 놓으면 밤새 지쳐서 속력이 더 느려지겠지. 하지만 녀석은 오늘 밤도 끄떡없을 거야. 물론 나도 그래."

조금 더 있다가 만새기의 내장을 빼야겠다, 살 속에 피를 간직해서 싱싱하게 말이야. 그런 다음에 만새기에 칼질도 하고, 노도 묶어 두자. 지금은 그냥 조용히 내버려두는 게 좋을 거야. 해 질 녘엔 고기를 다루기가 어려운 법이니까.

노인은 바람에 손을 말린 후 다시 줄을 잡고는, 될 수 있는 대로 몸을 편한 자세로 하려고 애썼다. 그는 뱃전에 몸을 기대 뱃머리 쪽으로 젖혀서 그냥 낚싯줄을 잡고 앉아 있는 것보다는 배가 앞으로 나아가기 힘들도록, 즉 고기가 끌기 힘들도록 자세를 고쳐 앉았다.

이렇게 해서 새로운 걸 또 하나 배우는구나. 어떤 상황이든 방법이 있게 마련이지. 게다가 저 녀석은 미끼를 물었을 때부터 아무것도 먹지 못하고 있지. 덩치가 크니까 먹는 양도 많아야 할 텐데. 나는 다랑어도 한 마리를 다 먹었고 내일은 만새기를 먹을 거야. 차라리 조금 있다가 내장을 빼낼 때 좀 먹어둬야 할지도 몰라. 노인은 만새기를 '도라도'라고 불렀다. 물론 다랑어보다는 먹기 힘들겠지만, 세상에 쉬운 일이 어디 있겠어.

"고기야, 좀 어때? 난 기분이 괜찮은 편이다. 왼손도 많이 나았고. 게다가 하룻밤, 하루 낮 동안 먹을 것도 생겼지. 어디, 너 혼자 계속해서 배를 끌어 보려무나."

사실은 전혀 괜찮지 않았다. 등에 메고 있는 낚싯줄 때문에 너무 고통스러웠고 인정하기는 싫었지만, 이제는 그런 고통이 아픈 정도를 지나 무감각해지고 있었다. 그러나 이보다 더 심한 경우도 있었어. 노인은 자신을 다독거렸다. 오른손에 상처가 좀 났을 뿐이지 왼손의 쥐도 다 풀렸는걸. 두 다리도 성하고, 또 식량 문제라면 내 편이 훨씬 유리하지 않은가.

날이 어두웠다. 9월에는 해가 떨어지자마자 날이 금방 어두워졌다. 노인은 뱃머리 쪽 낡은 뱃전에 기댄 채 될 수 있는 대로 편히 쉬려고 애썼다. 첫 별이 떴다. 노인은 그 별의 이름이 리겔성(오리온자리의 베타성.)이라는 것은 몰랐지만, 그 별이 보이기 시작하면 곧 다른 별들도 나타나 모두 자기의 친구가 되리라고 생각했다.

"물론 저 고기도 내 친구지. 저런 고기에 대해서는 내 평생 본 적도 들은 적도 없었단 말이야. 그렇지만 나는 너를 죽이지 않을 수가 없구나. 하늘의 별은 죽일 필요가 없는 게 그나마 얼마나 다행인가."

날마다 사람이 달을 죽여야 한다고 상상해 보라. 아마 달은 달아나 버릴 것이다. 또 날마다 해를 죽여야 한다고 상상해 보라. 하지만 인간이 그러지 않아도 된다는 것은 얼마나 행운인가.

그러자 노인은 며칠 동안 아무것도 먹지 못한 그 큰 고기가 불쌍해졌다. 그렇지만 불쌍하다는 생각이 들었다고 해서 고기를 죽이겠다는 결심이 약해진 것은 아니었다. 저 고기를 잡으면 몇 사람이나 먹을 수 있을까? 사람들이 저 고기를 먹을 자격이 있는 걸까? 없다. 물론 자격이 없어. 저렇게 침착한 태도와 당당한 위엄을 가진 고기를 먹을 자격은 누구에게도 없어.

나는 이런 어려운 일은 잘 모르겠어. 어찌 되었든 우리가 해나 달, 별을 죽이지 않아도 된다는 것만은 다행스러운 일이야. 바다에 살면서, 우리의 진정한 형제를 죽이는 것만으로도 충분해.

자, 이제는 배의 속력을 늦출 방법을 좀 생각해 보자. 노를 매다는 방법은 장단점이 있어. 고기가 갑자기 힘을 쓰면서 달아나면 노가 제동을 걸어서 배가 무거워지게 되고 그러면 결국 낚싯줄이 끊겨 놓쳐 버리고 말 거야.

반대로 배가 가벼우면 녀석이 수월하게 움직일 수 있게 되니 서로 고통스러운 시간이 연장되겠지. 고기에게 아직 힘이 남아 있을 테니 가벼운 편이 오히려 나한테는 안전할 것이다. 어떤 일이 일어나든 우선 만새기가 상하지 않게 빨리 내장을 빼내고 살점을 좀 먹어야겠다.

한 시간쯤 더 쉬고 놈이 지치지 않고 달리고 있는 건지 살펴본 뒤 뱃고물 쪽으로 가서 일하면서 결정을 내리자. 그동안에 고기가 어떤 반응을 보이고, 또 무슨 변화를 보일 건지 살펴봐야 해. 노를 묶어 둔 건 잘한 일이었지만 이제는 내 안전도 염두에 두어야 한다. 어쨌든 녀석이 대단하긴 해. 낚싯바늘이 꽂혀 있는 채로 입을 꽉 다물고 있겠지. 하긴 저런 큰 고기에게는 낚싯바늘의 고통 따위는 문제도 아닐 거야. 단지 굶주림의 고통과, 알지도 못하는 대상과 겨루고 있다는 사실에 온 정신을 빼앗기고 있을 거야. 늙은이, 자네도 이젠 좀 쉬자고. 다음 할 일이 생길 때까지 녀석이 마음대로 애를 쓰게 내버려 두자.

노인이 생각하기에 두 시간은 족히 쉰 것 같았다. 늦도록 달이 뜨지 않아서 시간을 짐작해 볼 수는 없었지만 비교적 많이 쉰 셈이었다. 하지만 정말 쉬었다고는 볼 수 없었다. 노인은 아직도 고기가 끄는 힘을 양어깨로 버티고 있었다. 그리고 이제 왼손으로 뱃머리 쪽의 뱃전을 잡고 배에 자신의 힘을 내맡겼다.

줄을 배에 잡아매어 둔다면 정말로 일이 쉬워질 텐데, 노인은 생각했다. 하지만 놈이 조금만 요동쳐도 줄이 끊어질 수 있단 말이야. 줄이 당기는 힘을 내 몸으로 조절해 받으면서 언제든지 두 손으로 줄을 풀어줄 준비가 되어 있어야 하니 도리가 없어.

"하지만 자네는 아직 잠을 한 번도 자지 못했어, 늙은이. 어제 오후랑 밤 그리고 오늘 하루 내내 자넨 한숨도 못 잤다고. 그러니까 고기가 저렇게 점잖게 있는 동안 조금이라도 잠잘 방도를 강구해야만 해. 잠을 못 자면 맑은 정신으로 있기가 어려워."

하지만 내 머리는 아직 맑은데 뭘, 하고 그는 속으로 다시 생각했다. 너무나 맑고 명료해서 먼 곳의 친구인 별들처럼 초롱초롱했다. 그래도 잠을 자야 한다. 별도, 달도, 해까지 잠을 자지 않는가. 심지어 바다조차도 조류가 없는 조용한 날이면 이따금 잠을 자는 걸 노인은 봐 왔다. 그러니 잠자는 것을 잊어서는 안 된다고 그는 생각했다. 억지로라도 자도록 해야 할 것이다. 그리고 이 낚싯줄에 대해서는 뭐 좀 쉬우면서도 확실한 방도를 강구해 보아야 할 것만 같았다. 이젠 만새기를 요리할 시간이다. 잠을 자려면 노를 비끄러매어 닻처럼 만들어 두는 것이 좋을 것 같았지만 위험할 수도 있었다.

"나는 안 자고도 견딜 수 있는데."

노인은 혼잣말을 했다. 그러나 그것도 너무 위험한 일이기는 했다. 노인은 고기가 놀라지 않도록 조심하며 양손과 무릎으로 기어 뱃고물 쪽으로 돌아갔다. 고기도 반쯤은 자고 있는지도 몰라, 하고 노인은 생각했다. 그러나 고기를 쉬게 하고 싶지는 않았다. 지쳐서 죽을 때까지 배를 끌어야 하고말고.

배의 뒷부분으로 돌아온 노인은 몸을 돌려 왼손으로 어깨에 멘 줄을 잡았다. 그리고 오른손으로 칼집에서 칼을 뽑았다. 별빛이 밝아지자 만새기가 뚜렷이 보였다. 그는 칼날로 만새기 머리를 찔러서 밑창에서 놈을 꺼냈다. 한쪽 발로 몸통을 밟고 항문에서 아래턱 끝까지 재빨리 배를 갈랐다. 칼을 내려놓고, 오른손으로 내장을 빼내고 난 뒤 아가미도 죄다 뜯어냈다. 위를 만져 보니 묵직하고 미끈했다. 그것을 가르자 속에서 날치가 두 마리나 나왔다. 날치는 싱싱하고 단단했다. 노인은 그것을 나란히 내려놓고, 내장과 아가미를 꺼내어 뱃전 너머로 던져 버렸다.

그것이 물 위에 인광의 꼬리를 남기며 가라앉았다. 만새기의 몸통은 차디찼다. 그리고 이젠 별빛을 받아 푸르뎅뎅한 회백색으로 보였다. 노인은 오른발로 고기의 머리를 누르고 한쪽의 껍질을 벗겼다. 그리고 다시 뒤집어서 다른 쪽의 껍질을 마저 벗긴 뒤 머리에서 꼬리까지 살을 발랐다.

노인은 뼈만 남은 만새기의 잔해를 뱃전 너머로 떨어뜨리면서 물속에 소용돌이가 이는지 살펴보았다. 그러나 희미한 빛을 남기며 서서히 가라앉을 뿐이었다. 노인은 몸을 돌려 저며 낸 살점 가운데다 날치 두 마리를 넣어 놓고 칼을 칼집에 꽂았다. 그러고는 천천히 뱃머리 쪽으로 되돌아왔다. 노인의 등은 낚싯줄 무게 때문에 한껏 굽어 있었고 오른손에는 고기가 들려 있었다.

뱃머리로 돌아온 노인은 판자 위에다 만새기 살점 두 쪽을 내려놓고 날치도 곁에 놓았다. 그런 다음에 어깨에 메고 있던 줄을 옮기고 뱃전에 올려놓았던 왼손으로 다시금 그 줄을 잡았다. 그는 뱃전에 몸을 기댄 채 손에 와 닿는 물의 속도를 주시하면서 날치를 물에다 씻었다. 고기 껍질을 벗기느라 손에 인광이 묻었는데 거기에 닿는 물결이 확연하게 보였다. 물결은 먼젓번보다 더 약해졌다. 손을 널빤지에 문지르니 인광 조각들이 떨어져 나가 배 뒤로 천천히 떠내려가는 것이 보였다.

"지금은 녀석도 지쳤거나 쉬고 있겠지. 이젠 나도 만새기를 먹은 다음 좀 쉬거나 아니면 잠을 자야겠다."

밤이었고, 날씨는 점점 추워지고 있었다. 별빛 아래서 노인은 만새기 살점 반 조각과, 내장과 머리를 잘라낸 버린 날치 한 마리를 마저 다 먹었다.

"만새기는 요리를 해서 먹으면 썩 좋은 음식인데. 날로 먹으면 형편없단 말이야. 앞으로는 배를 탈 때 소금이나 라임을 꼭 가지고 타야겠어."

사실 조금만 더 머리를 썼더라면 아까 낮에 바닷물을 뱃전에 뿌려놓고 그것을 말려서 소금을 만들 수도 있었을 것이다. 만새기를 낚았을 때가 해 질 무렵이긴 했지만 아무래도 역시 준비가 부족했던 것은 사실이었다. 하지만 생살도 잘 씹으니까 구역질은

111

나지 않는군, 하고 노인은 생각했다.

동쪽 하늘에 구름이 덮이는가 싶더니 이내 별들이 하나씩 사라졌다. 마치 거대한 구름의 계곡으로 빨려 들어가는 것 같았다. 바람도 멎었다.

"사나흘 후에는 날씨가 고약해지겠군. 오늘 밤과 내일 밤까지는 아직 괜찮아. 여보게, 늙은이. 이제 생각은 그만하고 고기가 잠잠할 때 잠이나 좀 자 두도록 하시지."

노인은 오른손으로 줄을 단단히 잡고 몸 전체의 무게를 뱃머리의 판자에다 실으면서 허벅다리를 오른손에다 갖다 붙였다. 그러고는 낚싯줄을 어깨에서 약간 아래로 낮추고 왼손을 그 위에 얹어서 줄을 팽팽하게 졸라맸다.

이렇게 졸라매고 있는 한 오른손이 버틸 수 있을 거라고 노인은 생각했다. 만일 자는 동안 손에 힘이 풀리더라도 줄이 빠져나갈 때 왼손이 당겨지며 잠을 깨울 거야. 오른손은 왼손보다 힘이 좀 더 들겠지만 고통을 이겨 내는 것에 익숙하니까 아마 괜찮겠지. 한 20분이나 30분 만이라도 잠을 자면 나을 것 같았다. 그는 몸 전체의 무게를 오른손에 의지한 채 잠이 들었다.

노인은 사자 꿈은 아니었지만, 대신 15킬로미터나 16킬로미터쯤 뻗어 있는 돌고래 떼의 꿈을 꿨다. 놈들은 한창 교미기여서 공중으로 높이 뛰어올랐다가 다시 그 자리로 뛰어들었다.

그러다 마을로 돌아와 침대에서 자는 꿈을 꾸었다. 북풍이 불어서 날씨가 무척 추웠고 베개 대신 팔을 베고 잔 탓에 오른팔이 저렸다.

그러고 나서 노인의 꿈에 길게 뻗은 황금빛 해안이 나타났다. 초저녁 무렵 해변에 첫 번째 사자가 내려오자 다른 사자들이 뒤따라 나타났다. 해안에서 앞바다 쪽으로 저녁 산들바람이 불고 있는데, 노인은 닻을 내린 뱃머리에 턱을 괴고 더 많은 사자가 나타나기를 기다리면서 즐거워하고 있었다.

달이 뜬 지도 꽤 오래되었건만, 노인은 계속 잠을 잤다. 고기는 쉬지 않고 낚싯줄을 끌고 가고 있었고, 배는 구름의 터널 속으로 들어서고 있었다.

그때였다. 갑자기 노인의 오른손 주먹이 얼굴을

쳐서 노인은 눈을 떴다. 오른손이 뜨겁게 타면서 줄이 풀려나가고 있었다. 왼손에는 아무런 감각이 없었다. 오른손으로 줄을 힘껏 당겼으나 줄은 급속도로 풀려나갔다. 마침내 왼손으로 줄을 찾아서 잡아당겼다. 그러자 등과 왼손이 따갑고 얼얼해졌다. 왼손이 낚싯줄을 도맡아 끌다시피 한 까닭에 금방 심한 상처를 입고 있었다. 노인은 낚싯줄 뭉치를 돌아다보았다. 거침없이 풀려나가고 있었다. 바로 그때 고기가 바다를 가르며 뛰어올랐다가 무겁게 떨어졌다. 그러더니 연달아 뛰어오르기 시작했다. 줄은 계속해서 빠르게 풀려나갔고, 배는 계속 빠른 속도로 끌려가고 있었다. 노인은 줄이 팽팽해지도록 바싹 당기고, 풀려나가면 또 팽팽히 잡아당겼다. 그는 엉겁결에 뱃머리 근처까지 끌려가 만새기 살점에 얼굴을 처박은 채 꼼짝할 수가 없었다.

드디어 기다리던 일이 일어났군. 그러니 이제는 모든 일을 침착하게 받아들여야지. 낚싯줄 값을 치르게 해야 해. 암, 낚싯줄 값을 치르게 해야 하고 말고.

노인은 고기가 뛰어오르는 것을 볼 수가 없었다. 그저 바닷물이 갈라지고 솟아올랐던 고기가 떨어질 때마다 물이 철썩 튀는 소리를 들었을 뿐이었다. 낚싯줄이 하도 빨리 풀리는 바람에 손을 심하게 베었다. 그러나 이런 일은 언제나 일어나게 마련이라고 말해 왔던 터라 낚싯줄이 미끄러져 나가거나 손가락을 베이는 일이 없도록 굳은살 박인 곳으로 줄을 쥐려고 애를 썼다.

지금 소년이 같이 있었다면 낚싯줄 뭉치를 적셔 주었을 텐데, 하고 노인은 생각했다. 그래, 그 아이가 여기 있었으면, 그 애만 여기 있다면.

낚싯줄은 계속해서 풀려 나갔지만 이제는 그 속도가 점점 떨어지고 있다는 것을 느낄 수 있었다. 노인은 고기가 조금이라도 더 여유 있게 줄을 끌도록 배려하고 있었다. 이제 그는 널빤지에서 머리를 들 수 있었고, 또 볼을 처박고 있던 생선 살점에서도 얼굴을 들어 올릴 수 있었다. 그는 무릎을 세우고는 천천히 일어섰다. 조금씩 줄을 풀어주고는 있었지만, 속도를 줄여 나갔다. 그는 낚싯줄 뭉치가 있는 곳으로 다가가서 캄캄해서 보이지 않는 뭉치를 발로 더듬어 찾았다. 낚싯줄은 아직 충분히 남아 있었다. 이제 저 고기는 자신의 몸의 마찰과 함께 물속으로 풀려 나간 낚싯줄의 마찰까지 이겨내야 하는 상황이었다.

옳지. 이제 저 고기가 열댓 번은 더 뛰어올라 부레에 공기가 잔뜩 들어찼을 테니 내가 끌어 올리지 못할 만큼 깊이 내려가서 죽을 염려는 없어진 셈이다. 곧 녀석이 주위를 돌기 시작하면 그때 놈을 좀 다루어 봐야지.

그런데 왜 그렇게 갑자기 뛰어올랐을까? 배가 고파서 갑자기 자포자기 상태에 빠진 것일까? 아니면 죽음의 암흑 속에서 뭔가를 보고 놀란 걸까? 아마, 갑자기 무서워졌는지도 모르지. 하지만 그렇게도 침착하고 당당했던 녀석이었는데. 겁도 없고 자신만만해 보였는데, 이상한 일이다.

"이봐, 늙은이, 자네야말로 무서워 말고 자신감을 갖는 것이 좋겠어. 자네는 지금 고기를 손아귀에 넣고 있다고는 하지만, 줄을 당길 수는 없지 않은가. 고기는 곧 원을 그리며 돌 거야."

노인은 다시 왼손과 양어깨로 줄을 붙잡았다. 그리고 엎드려 오른손으로 바닷물을 떠서 만새기 살점이 달라붙은 얼굴을 씻어 냈다. 만약에라도 이것 때문에 구역질이 나서 토하게 되면 힘이 빠질 것 같아서 두려웠다. 얼굴을 씻고 나자 이번에는 뱃전 너머로 오른손을 물속에 담그고 씻었다. 해가 뜨기 전이었다. 노인은 먼동이 트는 것을 바라보면서 그대로 짠 바다 소금물에 손을 담그고 있었다. 고기가 동쪽으로 향하고 있구나, 하고 노인은 생각했다. 그것은 고기가 지쳐서 조류를 따라가고 있다는 것을 뜻했다. 곧 회전을 안 할 수 없지. 그때 가면 진짜 싸움이 시작되는 것이다. 노인은 오른손을 물속에서 꺼내 바라보았다.

"대단찮군. 사나이가 이 정도 아픈 게 뭐 그리 문젠가."

그는 새로 생긴 상처에 낚싯줄이 닿지 않게 조심하면서, 다시 줄을 고쳐 쥐고는 고기의 무게를 다른 쪽으로 옮겼다. 그러고는 왼손을 반대편 뱃전으로 내밀어 물에 담갔다.

"네가 하찮은 일로 다친 건 아니니 이만하면 잘한 거야. 하지만 네가 어디 갔는지 종종 보이지 않을 때가 있단 말이야.

노인은 자기의 왼손을 향해 말했다. 왜 나는 두 손 다 튼튼하게 태어나지 못했을까? 노인은 생각했다. 물론 그동안 오른손만 주로 써서 왼손을 제대로 훈련하지 못한 내 잘못도 있겠지. 그러나 배울 기회는 얼마든지 있었었어. 그래도 간밤에 영 구실을 못 하진 않았어. 쥐도 한 번밖에 안 났고 말이야. 만약 또다시 쥐가 난다면 왼손이 낚싯줄에 끊겨 버리도록 놔둘 거야.

이런 생각을 하면서도 그는 자신의 머리가 맑지 않으니 만새기 고기를 좀 더 먹어야겠다는 생각을 한편으로 하고 있었다. 하지만 먹을 수가 없어. 괜히 몇 점 더 먹었다가 구토를 하느라 기운을 빼는 것보다는 머리가 좀 멍한 편이 차라리 나을 거야. 게다가 얼굴을 그 속에 처박기까지 했으니.

지금 와서 고깃점을 먹는다 해도 토해 낼 게 틀림없어. 상할 때까지 그저 비상용으로 놓아두자, 이제

118

양분을 취해서 힘을 얻기에는 너무 늦었어. 이런, 내 정신도 참, 한 마리 남은 저 날치를 먹으면 될 것 아닌가. 노인은 중얼거리며 날치를 보았다.

날치는 언제든지 먹을 수 있게끔 깨끗하게 준비되어 있었다. 노인은 그것을 왼손으로 집은 뒤, 뼈를 조심스레 씹으며 꼬리까지 죄다 먹어 버렸다.

날치는 어떤 다른 고기보다도 영양이 풍부해, 적어도 나한테 필요한 힘을 얻기에는 충분하지, 하고 노인은 생각했다. 노인은 이제 자기가 할 수 있는 일은 다 했다고 생각했다. 맴돌려면 맴돌고 싸움을 걸어오려면 걸어보라고.

노인이 바다로 나온 후 세 번째 아침 해가 솟고 있었다. 그리고 그때 고기가 돌기 시작했다.

낚싯줄의 기울기만으로는 고기가 돌고 있는지 아닌지를 확실히 알 수가 없었다. 아직 배 주위를 돌기에는 너무 일렀기 때문이다. 노인은 고기가 낚싯줄을 끄는 힘이 약간 약해진 것을 느끼고 오른손으로 가만히 줄을 당기기 시작했다. 지금껏 그래 온 것처럼 줄은 팽팽해졌다.

그러나 금방 끊어질 듯한 정도로까지 당기자 조금씩 줄이 끌려오기 시작했다. 그는 양어깨와 머리를 줄 밑으로 뺀 뒤 꾸준히, 그리고 가만가만히 끌어당기기 시작했다. 그는 두 손을 앞뒤로 휘두르는 동작을 취하면서 몸과 두 다리를 최대한 활용하고자 했다. 그래서 될 수 있는 대로 줄을 많이 끌어당기려고 애를 썼다. 그는 자신의 늙은 다리와 어깨를 사용해 줄을 끌어당기는 축으로 삼았다.

"크게 회전을 하는군. 어쨌든 녀석이 지금 돌고 있는 것만은 확실해."

낚싯줄을 힘껏 잡고 있어야 해. 이렇게 잡아당기고 있으면 놈이 도는 원은 매번 작아질 거야. 아마 한 시간쯤 후에는 고기를 볼 수 있겠지. 저항해 봐야 소용이 없다는 걸 알게 해서 고기를 죽여야 해.

그러나 고기는 계속해서 느릿느릿 돌고 있었고, 그렇게 두 시간이 지나자 노인은 땀으로 흠뻑 젖은 채 뼛속까지 깊이 지쳤다. 하지만 원의 크기가 이제 훨씬 줄어들었고 낚싯줄이 비스듬하게 기울어지는 것을 보아 고기가 헤엄치면서 점점 더 수면 가까이 떠

올라 오고 있다는 것을 알 수 있었다.

 한 시간 전부터 노인은 눈앞에 검은 반점이 어른거리는 것을 느꼈다. 땀이 흘러내려 눈이 따가웠다. 이마에 난 상처도 자꾸 쓰라렸다. 그러나 눈앞에서 어른거리는 검은 반점 따위는 무섭지 않았다. 그런 현상은 노인이 줄을 당기느라 애를 쓸 때면 으레 나타나는 일이었다. 그러나 벌써 두 번이나 아찔한 현기증을 느껴서 걱정되었다.

 "이런 고기에게 패배해서 그냥 죽을 수는 없어. 하느님, 제발 제 육체가 견딜 수 있도록 도와주세요. 주기도문과 성모송을 백 번 외우겠습니다. 지금 당장은 못 하겠지만요."

 지금은 외운 것으로 해 두자. 틀림없이 나중에 외울 테니까.

 바로 그때 잡고 있던 줄이 팽팽하게 당겨졌다. 온몸을 긴장시킬 정도로 날카로운 힘이 느껴졌다.

 녀석은 지금 철사로 된 낚싯줄을 그 뾰족한 주둥이로 치고 있을 거야. 당연히 일어날 일이지. 그렇게라도 하지 않을 수 없겠지. 그러나 그 때문에 고기가 갑자기 뛰어오를지도 모르겠다. 이제 저 스스로 도는 걸 계속하도록 그냥 놓아두는 편이 낫겠어. 공기를 채우기 위해서 뛰어오를 필요도 있었겠지만, 뛰어오를 때마다 낚시에 찔린 상처가 크게 벌어져서 어느 순간 바늘이 빠질지도 몰라.

"뛰지 마라, 고기야. 제발 뛰지 마라."

고기는 대여섯 번이나 더 낚싯줄을 쳤다. 그리고 고기가 머리를 흔들어 댈 때마다 노인은 줄을 조금씩 풀어주었다. 고기의 고통을 이 정도로 유지해야 한다고 생각했다. 나의 고통은 문제가 아니다. 나는 스스로 고통을 억제할 수 있지만, 고기는 여기에서 조금만 더 고통스러우면 미쳐 버릴 것이다.

잠시 후 고기는 철사 낚싯줄에 제 몸을 부딪치다 말고 다시 천천히 돌기 시작했다. 노인도 쉬지 않고 줄곧 줄을 끌어당기고 있었다. 그러나 노인은 또다시 정신이 아찔해지며 현기증이 났다. 왼손으로 바닷물을 퍼서 머리를 적셔 보았다. 그리고 물을 좀 더 떠서 목덜미를 문질렀다.

"그래도 쥐는 안 나니까 괜찮아. 곧 고기가 올라올

지도 모른다. 물론 나는 견딜 수 있다. 아니, 견뎌야만 해. 당연한 일이야."

그는 뱃머리에 몸을 의지하고 무릎을 꿇었다. 그리고 잠깐 줄을 등에서 내렸다. 고기가 원의 먼 쪽을 돌 때는 자기도 좀 쉬고, 가까이에서 돌 때는 다시 힘을 내서 싸워 보자는 심산이었다.

노인은 뱃머리에 앉아 쉬면서, 줄을 당기지 않고 고기가 저 혼자 한 바퀴 돌도록 내버려두고 싶은 마음이 간절했다. 그러나 그런 생각도 잠시뿐이었다. 노인은 고기가 회전을 하면서 다가오고 있음을 알아차리고 벌떡 일어섰다. 그러고는 줄을 잡아당기면서 베를 짜듯 몸을 움직이기 시작했다.

전에는 이렇게 피곤해 본 적이 없었는데, 노인은 생각했다. 이제 무역풍이 부는구나. 이 바람이 불면 고기를 끌어들이기에 유리하다. 나에게는 절실히 필요한 바람이야.

"다음에 회전을 하려고 고기가 헤엄쳐 나가면 그때 쉬어야지. 그래도 기분이 훨씬 좋아졌어. 두세 번만 더 돌고 나면 잡히겠지."

노인의 밀짚모자는 뒤통수에 걸려 있었다. 노인은 고기가 회전하는 것을 감지하자 다시 줄을 끌어당기면서 뱃머리에 주저앉았다. 고기야, 너는 지금 힘차게 움직이고 있구나. 하지만 굽이돌 때 내 너를 잡으마. 노인은 각오를 단단히 했다.

파도가 꽤 높이 일었다. 이것은 좋은 날씨를 예고하는 미풍 때문에 일어나는 현상이었다. 무사히 집으로 돌아가려면 이 바람이 꼭 필요했다.

"남서쪽으로 저어 가기만 하면 된다. 사나이가 바다에서 길을 잃을 리는 없어. 게다가 육지는 아주 기다란 섬이니까."

노인이 문제의 고기를 처음 본 것은 세 번째 회전 때였다. 처음에는 배 밑을 한참 동안 지나가는 검은 그림자가 눈에 띄었을 뿐이었다. 하지만 노인은 도저히 그 길이를 믿을 수가 없었다.

"아니야."

하고 노인은 말했다.

"저렇게 클 리가 있나."

그러나 고기는 검은 그림자만큼이나 컸다. 회전을

마친 후 고기는 배에서 겨우 30미터 떨어진 물 위로 떠 올랐다. 그때 노인은 물 밖으로 나온 고기의 꼬리를 보았다. 그것은 큰 낫의 날보다도 더 길고 뾰족했다. 그리고 검푸른 물속에 비친 물고기의 몸은 연보라색으로 보였다. 꼬리는 뒤로 비스듬히 기울어져 있었다. 고기가 수면 바로 아래를 헤엄치기 시작하자 비로소 노인은 그 거대한 몸집과 띠를 두른 것 같은 자줏빛 줄무늬를 볼 수 있었다. 등지느러미는 누워 있었고 커다란 가슴지느러미는 넓적하게 퍼져 있었다.

그제야 노인은 고기의 눈을 볼 수 있었다. 그리고 고기의 주위를 헤엄치는 회색 빨판상어 두 마리도 보았다. 두 마리의 상어는 그 고기한테 달라붙어 있다가 어느 때는 떨어져 나오기도 했다. 때로는 큰 고기의 아래에서 유유히 헤엄을 치기도 했다. 두 마리 모두 몸길이가 90센티미터는 넘어 보였다. 빨리 헤엄칠 때는 몸 전체를 뱀장어처럼 세차게 움직였다.

노인은 땀을 흘리고 있었다. 그건 뜨거운 햇빛

때문만은 아니었다. 고기가 조용히 차분하게 돌 때마다 노인은 줄을 당겼다. 이제 두 번만 더 돌면 작살을 꽂을 수 있으리라고 확신했다. 그러나 더 가까이, 아주 바싹 끌어와야 한다. 그리고 머리에 작살을 꽂으려고 해선 안 된다. 단 한 번에 심장을 찔러야 한다.

"침착하게 굴어. 그리고 더욱 힘을 내, 늙은이."

예상대로 다음 회전 때 고기는 등을 물 밖으로 내밀었다. 그러나 거리가 좀 멀었다. 그다음 회전 때도 역시 너무나 멀었다. 그러나 물 밖으로 몸을 훨씬 더 많이 드러냈으므로 노인은 조금만 더 줄을 끌어들이면 고기를 배에 나란히 댈 수 있을 거라는 확신이 생겼다.

노인은 벌써부터 작살을 준비해 두었다. 작살에 달린 가는 밧줄을 감아 놓은 뭉치는 둥근 광주리 안에 담아 두었고, 끝은 뱃머리의 말뚝에 단단히 매어 놓았었다.

고기는 이제 원을 그리며, 그리고 커다란 꼬리를 움직이며 다가오고 있었다. 노인은 고기를 배 가까이 몰아오려고 있는 힘을 다해 끌어당겼다. 고기는 잠깐 배를 드러내더니 약간 뒤뚱거렸다. 그러나 잠시 후 몸을 바로 하더니 다시 회전하기 시작했다.

"저것 봐. 내가 녀석을 움직이게 했어. 내가 움직이게 해서 배를 드러냈던 거야."

노인은 다시 현기증이 났으나 있는 힘을 다해 고기를 붙잡았다. 내가 녀석을 움직이게 했다. 아마 이번에는 끝장을 낼 수 있을 거야. 손아, 끌어당겨라. 그는 간절한 마음으로 중얼거렸다. 다리야, 버텨라. 머리야, 날 위해 견뎌 다오. 제발 여기서 정신을 차려. 정신을 잃는 일은 없어야 한다. 이번에는 틀림없이 고기를 끌어 보자.

그러나 온 힘을 기울여서 고기를 끌어당기려고 했지만, 고기는 약간 뒤뚱거렸을 뿐 이내 자세를 바로잡고 헤엄쳐 나갔다.

"고기야. 고기야, 너는 어차피 죽어야 하지 않니. 그렇다고 너도 나를 죽이겠단 말이냐?"

만약 그렇게 된다면 지금까지 한 일은 아무 소용이 없을 것이다, 하고 노인은 생각했다. 입이 바싹 말라서 소리 내어 말할 수도 없었으나, 이젠 물통이 있는 데까지 갈 힘도 없었다. 이번에는 틀림없이 뱃전으로 끌어와야 해. 녀석이 계속 돈다면 내 몸은 온전치 못할 거야. 아니, 그래도 괜찮을 거야, 언제까지나 괜찮을 거야. 노인은 중얼거렸다.

다시 고기가 회전을 시작했다. 노인이 거의 고기를 잡을 뻔했다. 그러나 또 고기는 자세를 바로잡고 유유히 헤엄쳐 나가 버렸다.

네가 나를 죽이는구나. 고기야, 너에게는 당연히 그럴 자격이 있어. 나는 일찍이 너처럼 크고 아름답고 침착하고 위엄이 있는 고기를 본 적이 없거든. 그래서 네가 날 죽인다 해도 조금도 서운할 것 같지 않다. 내 형제여, 자, 어서 와서 날 죽여, 누가 누구를 죽이건 상관없다.

이제 머릿속이 혼미해지고 있구나, 하고 노인은 생각했다. 머리를 좀 식혀야지. 머리를 식히고, 끝까지 남자답게 고통을 견디어 내도록 온갖 지혜를 모아 보자. 저 고기처럼 고통을 견뎌야 해, 하고 그는 생각했다.

“정신 차려라, 머리야.”

자기 귀에도 거의 들리지 않을 정도의 목소리였다.

“정신 차려!”

고기는 이후로도 두 번이나 더 회전을 했다. 이젠 더 이상 모르겠다, 하고 노인은 생각했다. 노인은 의식을 잃고 기절할 것 같은 상태에 빠졌다. 뭐가 뭔지 모르겠다. 그러나 다시 한번만 더 해 보자.

노인은 한 번 더 힘을 썼다. 마침내 고기가 뒤뚱거렸고, 순간 그 노인도 정신이 아찔해졌다. 그러나 고기는 다시 몸을 바로 일으켜 큰 꼬리를 허공에 휘두르면서 유유히 물살을 갈랐다.

딱 한 번만 더 해 보겠다고 노인은 결심했다. 그러나 이제 두 손은 이제 힘이 빠져 흐물거렸고, 눈도 침침해져서 겨우 순간순간 앞이 보이곤 할 뿐이었다.

다시 한 번 해 보았으나 마찬가지였다. 한 번 더 해보겠어, 하고 노인은 생각했다. 하지만 시작하기도 전에 의식이 희미해지는 것을 느꼈다.

“또 한 번 해 보자.”

노인은 혼미한 의식 상태에서 습관적으로 중얼거렸다.

노인은 모든 고통과 자신에게 남은 온 힘과 과거의 자존심까지 다 동원해 고기에 맞섰다. 마침내 고기는 주둥이를 뱃전에 닿을락 말락 하면서 노인의 곁으로 유유히 헤엄쳐 오더니 그대로 배를 스쳐 지나가기 시작했다. 크고 긴 몸통에 넓은 자줏빛 줄무늬가 선명하게 보였다. 그리고 온몸이 온통 은빛으로 보이던 그 엄청나게 큰 고기가 배를 지나치기 시작했다.

노인은 손으로 잡고 있던 낚싯줄을 발로 밟은 후 작살을 높이 쳐들어 모든 힘을 다해 고기의 옆구리를 찔렀다. 작살은 노인의 가슴팍 높이까지 솟은 커다란 가슴지느러미 바로 뒤에 박혔다. 작살이 고기의 배를 뚫고 들어가는 것을 느끼면서 노인은 작살에 몸을 기댔다. 그리고 작살이 더 깊이 박히도록 온몸의 체중을 작살에 실었다.

그런데 고기는 치명상을 입고도 아직 팔팔한 기운을 보였다. 그리고 엄청나게 길고 널따란 몸뚱이의 힘차고 아름다운 모습을 과시하면서 물 위로 높이 솟구쳐 올랐다. 고기는 배 안에 서 있는 노인의 머리 위까지 올라가 그대로 공중에 떠 있는 듯하더니 잠시 후 요란한 소리를 내며 물속으로 떨어졌다. 그 바람에 노인의 몸과 배는 흠뻑 물보라를 맞고 말았다.

　노인은 현기증이 나서 의식이 가물거리고 앞도 잘 보이지 않았다. 그는 껍질이 벗겨져 생살이 드러난 양손을 이용해 작살의 밧줄을 천천히 풀어주었다. 시력이 돌아와 주위를 보니 고기가 은빛 배를 드러내고 뒤집혀 있었다. 작살 자루가 고기의 아가미 쪽에 비스듬히 꽂혀 있었고, 바닷물은 고기의 심장에서 흘러나온 피로 붉게 물들고 있었다. 처음에는 1,500미터 정도의 깊은 물 속에 있는 고기 떼처럼 시커멓게 보이더니, 곧 구름처럼 넓게 퍼져 나갔다. 고기의 몸뚱이는 은빛으로 빛나며 조용히 물결 속에 떠 있었다.

　노인은 희미한 눈으로 그 광경을 바라보다가 작살줄을 말뚝에 두 번 감아 놓고는 양손에 얼굴을 파묻었다.

"정신 똑똑히 차려라."

그는 뱃머리의 널빤지에 기대면서 자신을 다그쳤다.

"나는 지쳐 버린 늙은이야. 하지만 내 형제와도 같은 이 고기를 죽였다. 그러니 이제는 뒤처리가 남아 있다는 걸 잊으면 안 돼."

고기를 배에 묶을 수 있도록 올가미와 밧줄을 준비해야지. 설사 지금 당장 이 배에 두 사람이 있다 해도 저 고기를 배에 싣는 건 불가능한 일이니까. 고기를 배 가까이 끌어와서 밧줄로 잘 묶은 다음, 돛대를 세우고 돛을 펴서 집으로 가야 되겠다.

노인은 고기의 아가미에서 입으로 줄을 꿰어 뱃머리에 고기 머리를 나란히 비끄러매기 위해 고기를 뱃전까지 끌어들이기 시작했다. 순간 노인은 고기를 만지거나 더듬어 보고 싶다고 생각했다. 고기가 내 재산이 되었다. 하지만 단지 그 때문에 만져 보고 싶은 건 아니야. 조금 전에 심장을 만져 본 것 같은 생각이 들었기 때문이지. 두 번째 작살 자루를 박아

넣을 때 말이야. 자, 이제 고기를 끌어당겨 비끄러매자. 꼬리와 허리에 올가미를 하나씩 걸어야 한다.

"늙은이, 어서 일을 시작하시지."

그는 그렇게 말하면서 물을 조금 마셨다.

"싸움이 끝났으니 이젠 뒤치다꺼리만 남았다."

그는 하늘을 쳐다본 후 다시 고기를 바라보았다. 해를 살펴보니 정오가 지난 지 얼마 안 된 모양이었다. 무역풍이 불어오고 있었다.

낚싯줄은 이제 아무래도 상관없었다. 집으로 돌아가서 소년하고 둘이 앉아 새로 꼬아 이으면 될 테니까.

"이리 오너라, 고기야."

노인이 그렇게 말했지만 고기는 쉽사리 끌려오지 않았다. 그냥 바닷물에 둥둥 떠 있었다. 노인은 노를 저어 고기 곁으로 다가갔다.

노인은 고기 옆으로 가서 고기 머리를 뱃머리에다 대었다. 그러나 그때까지도 그 크기를 도저히 믿을 수가 없었다. 그는 고기의 크기에 다시 한번 놀라면서도 자신이 해야 할 일을 차근차근 진행했다. 우선 말뚝에서 작살 밧줄을 풀어서 고기의 아가미를 통해 턱으로 빼낸 뒤 칼처럼 뾰족한 주둥이를 한 번 감아서 다른 쪽 아가미로 빼냈다. 그것을 다시 주둥이에다 감아서 양 끝을 매듭 지은 뒤 뱃머리에 있는 말뚝에다 단단히 비끄러매었다. 그러고 나서는 밧줄을 끊어 냈다. 이젠 꼬리에 올가미를 씌우는 일이 남았다. 그는 뱃고물 쪽으로 갔다. 고기는 본래의 색깔인 자줏빛과 은빛으로 변해 갔다. 줄무늬는 꼬리와 마찬가지로 옅은 보랏빛이었는데, 손가락을 쫙 편 것보다도 넓었다. 고기의 눈은 잠망경의 렌즈처럼 보였고, 눈빛은 행렬 기도에 참례한 성자처럼 멍했다.

고기를 죽이는 방법은 이것밖에 없었어, 하고 노인은 중얼거렸다. 물을 조금 마시자 기분이 한결 나아졌다. 노인은 이제 의식을 잃지는 않을 것 같았다. 머리도 개운했다. 저 정도라면 700킬로그램은 넘겠다고 생각했다. 아니, 훨씬 더 넘을지도 모르지, 내장을 빼내고도 약 3분의 2가 남을 텐데, 450그램당 30센트씩 받는다면 모두 얼마나 될까?

"계산하려면 연필이 있어야겠는걸. 지금 내 머리는 그 정도로 맑지 못해."

그러나 오늘은 저 훌륭한 디마지오 선수와 비교해도 전혀 부끄럽지 않을 것 같다. 디마지오처럼 발뒤꿈치뼈가 아팠던 건 아니지만 두 손과 등이 정말 많이 아팠으니까. 그런데 발뒤꿈치뼈 타박상이란 어떤 걸까. 어쩌면 우리 자신도 모르는 사이에 그 병을 앓고 있는지도 모르지.

노인은 그 큰 고기를 뱃머리와 뱃고물, 그리고 배 중간 가로장에 단단히 비끄러매었다. 고기가 어찌나 큰지 조각배 옆에 큰 배 하나를 달고 가는 것 같았다.

노인은 마지막으로 밧줄을 한 가닥 끊어서 고기의 입이 벌어지지 않도록, 아래턱을 주둥이에 갖다 대고 묶어 놓았다. 될 수 있는 한 배를 쉽게 저어 갈 수 있도록 하기 위해서였다. 그다음 돛대를 세우고 갈고리대와 가름대 등 장비를 정리한 뒤, 조각조각 기운 돛을 폈다. 마침내 배가 움직이기 시작했다. 노인은 뱃고물에 반쯤 드러누워 남서쪽으로 방향을 잡았다.

노인은 나침반이 없어도 남서쪽이 어느 방향인가를 알 수 있었다. 필요한 것은 무역풍의 촉감과 돛이 팽팽하게 당겨지는 모습뿐이었다. 이제는 가는 낚싯줄을 이용해 뭐든 먹을 것을 낚아 보도록 하자. 그리고 목도 축여야지. 그러나 가짜 미끼는 보이지도 않았고 미끼로 쓸 정어리마저 상해 있었다. 할 수 없이 누런 모자반류 해초가 한 조각 지나가는 것을 갈고리로 건져서 털어 보았다. 그러자 그 속에 있던 잔새우가 배 바닥으로 떨어졌다. 그중 서너 마리는 그래도 꽤 먹을 만해 보였다. 새우들은 노인의 발밑에서 모래벼룩처럼 팔딱팔딱 튀어 올랐다. 노인은 엄지와 검지를 이용해 새우의 머리를 따 낸 뒤 껍질이며 꼬리까지 죄다 씹어 먹었다. 아주 조그마한 새우였지만 노인은 그것들이 영양이 풍부하고 맛도 좋다는 것을 알고 있었다.

물병에는 아직 물이 두 모금쯤 남아 있었다. 노인은 새우를 먹고 나서 물을 한 모금 마셨다. 무거운 짐을 실었는데도 배는 잘 달리고 있었다. 노인은 키의 손잡이로 배의 방향을 조종했다. 고기가 잘 보였다. 노인은 상처투성이의 두 손을 보고 배에 닿은 등의 아픔을 느끼고서야 비로소 이것이 꿈이 아니라는 것을 깨달았다. 고기와의 싸움이 끝나 갈 무렵에는 너무 고통스러워서 아마 꿈일 거라고 생각하기도 했었다. 그래서 고기가 물 밖으로 튀어 올라 바다로 떨어지기 직전 공중에 잠시 떠 있을 때도 참 이상한 광경이라고 여겼고 도저히 믿을 수가 없었다. 지금은 다시 전처럼 시력이 회복되었지만, 그때는 눈앞에 펼쳐진 광경도 잘 보이지 않았기 때문이다.

  이제 눈앞에 고기가 있었고, 손과 등이 아픈 것도 꿈이 아니었다. 손의 상처도 얼마 안 가서 나을 것이라고 그는 생각했다. 소금물에 담그면 금방 낫게 될 것이다.

  바로 이 깊은 바닷속의 검푸른 물이 우리 같은 어부들에게는 제일 잘 듣는 약이지. 이제 내가 할 일은 머리를 맑게 식히는 것뿐이다. 두 손이 제구실을 잘해 주었고, 배도 잘 달리고 있다. 고기도 입을 꼭 다물고 꼬리를 아래위로 흔들면서 형제처럼 사이좋

게 동행하고 있었다. 그 순간 노인의 정신이 흐려지기 시작했다. 가만, 그런데 지금 고기가 나를 데리고 가는 건가, 아니면 내가 고기를 데리고 가는 건가? 내가 고기를 뒤에 매달아 끌어가고 있다면 문제는 없다. 또 만일 고기가 배 안에 실려 있다면 그 역시 문제는 없다. 그러나 노인은 그들이 한데 묶여서 나란히 나아가고 있다는 생각이 들었다. 그러다가 문득 '고기가 끌고 가겠다면 가라지'라는 생각도 했다. 내가 저 고기보다 좀 낫다는 것은 꾀가 있다는 것뿐이다. 사실 고기가 나를 해치는 건 아니니까.

항해는 순조로웠고 노인은 두 손을 소금물에 담그고 정신을 똑바로 차리려 애썼다. 뭉게구름이 높이 떠 있고 그 위로 새털구름이 넉넉히 깔린 것으로 보아 밤새 미풍이 불리라 예감할 수 있었다. 노인은 이게 현실인 것을 확인하려 수시로 고기를 쳐다보았다. 첫 번째 상어가 고기를 공격해 온 것은 그로부터 한 시간 뒤였다.

상어는 그저 우연히 출현한 게 아니었다. 1킬로미터가 넘는 깊은 바닷속으로 시커먼 피 구름이 퍼져 나가던 때부터 상어는 저 깊은 곳에서 올라왔을 터였다. 상어는 쏜살같이 부상해 일말의 경계심 없이 푸른 수면을 마음껏 가르며 햇살 속에 몸을 드러냈을 것이다. 그러고는 다시 물속으로 들어가 피 냄새를 맡으며 배와 고기가 택한 경로를 따라왔을 것이다.

 상어는 이따금 피 냄새를 놓쳐 버리기도 했다. 하지만 이내 다시 포착했거나 그 흔적을 쫓아 빠른 속도로 맹렬히 배 뒤를 쫓아 헤엄쳐왔다. 바다에서 빨리 헤엄치기로는 당해낼 재간이 없는, 아주 덩치 큰 마코상어(청상아리라고 부르는 상어의 일종.)였다. 마코상어는 주둥이를 빼고는 모든 게 아름다웠다. 등짝은 황새치처럼 푸르렀고, 배는 은빛이었으며, 결은 매끄럽고 우아했다. 수면 바로 아래서 긴 등지느러미로 흔들림 없이, 칼로 물을 베듯 빠른 속도로 헤엄치는 모습은 꽉 다문 큰 주둥이만 아니면 황새치와 비슷했다. 주둥이를 보면, 두 겹으로 된 입술 안에는 여덟 줄의 이빨이 삐딱하게 나 있었는데 대부분의 상어처럼 평범한 피라미드 모양의 이빨이 아니었다. 사람 손가락을 매 발톱처럼 오그렸을 때 같은 모양을 하고 있었다. 길이는 거의 노인의 손가락 정도였고, 양쪽 가장자리는 면도날처럼 예리했다. 바다에 사는 고기를 죄다 잡아먹고도 남을 듯한 이 고기는 빠르고 힘세고 무기까지 갖춘 것이 가히 무적의 존재였다. 지금, 바로 그런 상어가 신선한 피 냄새를 맡으며 바짝 속력을 올려 푸른 등지느러미로 물을 가르고 있었다.

그게 다가오는 것을 보면서 노인은 그것이 세상 무서울 것 없이 제 하고 싶은 대로 다 하고 마는 상어란 걸 알았다. 노인은 가까이 헤엄쳐오는 상어를 지켜보면서 작살을 준비하고 밧줄을 단단히 묶었다. 그런데 고기를 잡아매느라 잘라 쓴 탓에 밧줄은 짧았다.

이제 머리도 맑아졌고 마음은 더없이 결연했지만, 노인은 별다른 희망을 품지는 않았다. 좋은 일은 오래가지 않는 법이지. 그런 생각이 들었다. 노인은 상어가 가까이 다가오는 모습을 지켜보다 배 옆으로 묶인 거대한 고기를 흘깃 쳐다보았다. 차라리 저게 꿈이었다면 좋았겠군. 노인은 생각했다. 나는 상어의 습격을 막아낼 수는 없어도 상어를 처치할 수 있을지는 몰라. 덴투소('뾰족한 이빨'을 뜻하는 스페인어. 여기서는 마코상어를 가리킨다.), 이 재수 없는 놈.

 상어가 빠른 동작으로 뱃고물 가까이 바싹 몸을 붙여 고기를 덮칠 때 노인은 그 벌어진 주둥이와 기괴한 눈을 보았다. 꼬리 바로 위에 머리를 처박으며 살을 물어뜯는 상어의 이빨에서 찰칵거리는 소리가 났다. 상어 머리가 물 밖으로 나오고 등도 수면 위로 드러나면서 노인의 귀에 거대한 물고기의 껍질과 살점이 찢겨나가는 소리가 들렸다. 그 순간, 노인이 상어의 머리를 겨누고, 두 눈을 잇는 선과 코에서 등으로 이어지는 선이 교차하는 지점에 작살을 쑤셔 박았다. 실제로 그런 선은 존재하지 않았다. 대신, 육중하고 뾰족한 푸른빛 머리와 커다란 눈, 뭐든 삼켜버릴 기세의 가공할 주둥이가 거기 있었다. 상어의 골이 있는 부위인지라 노인은 바로 그곳을 찔렀다. 피투성이가 된 양손으로 노인은 있는 힘을 다해 단단한 작살을 박았다. 희망은 없었지만, 단호한 결의

141

와 철저한 증오심으로 작살을 꽂았다.

상어가 한 바퀴 뒹굴 때 노인은 상어의 눈에 생기가 없는 걸 보았고, 상어는 다시 뒹굴다 밧줄을 제 몸에 두 번이나 감았다. 노인은 상어가 죽었다고 생각했지만 상어는 그 사실을 인정하려 들지 않았다. 상어는 뒤집힌 채 꼬리로 물을 후려치고 주둥이를 덜거덕대면서 모터보트처럼 물살을 헤치고 달렸다. 상어의 꼬리가 수면을 때리자 하얀 물보라가 일어났고, 팽팽해질 대로 팽팽해진 밧줄이 바르르 떨리다 결국 끊어지면서 상어 몸뚱이가 사분의 삼 정도 물 위로 드러났다. 상어는 한동안 바다 위에 가만히 떠 있었고 노인은 그런 상어를 가만히 지켜보았다. 점차 상어는 아주 천천히 물속으로 가라앉았다.

"저놈이 20킬로그램이나 가져가 버렸어."

노인이 큰 소리로 말했다. 내 작살이며 밧줄도 몽땅 가져가 버렸어. 노인은 생각했다. 저 고기가 다시 피를 흘리기 시작했으니 다른 놈들이 또 나타나겠지.

노인은 몸이 뜯겨나간 고기를 더 보고 싶지 않았다.

고기가 습격을 받던 순간은 꼭 자신이 당하는 것만 같았다.

어쨌든 내 고기를 덮친 상어를 내가 끝장냈어. 노인은 생각했다. 지금껏 내가 본 상어 중 제일 덩치 큰 덴투소였어. 내가 큰 놈들을 많이 봤다는 걸 신은 아시겠지.

역시 좋은 일은 오래가지 않는 법이로군. 노인은 생각했다. 차라리 이게 꿈이라면, 그래서 저 고기를 잡은 일도 없고, 지금 신문지를 깐 내 침대에 혼자 누워 있다면 얼마나 좋을까?

"하지만 인간은 패배하는 존재로 만들어진 게 아니야."

노인이 말했다.

"인간은 파괴될 수는 있어도 패배하진 않아."

그래도 상어 놈을 죽인 건 후회스럽군. 노인은 생각했다. 이제 또 불운이 닥칠 텐데, 내겐 작살도 없지 않나. 저 덴투소는 잔인하고 힘세고 똑똑했지만 놈보다는 내가 더 똑똑했지. 아니, 그게 아닐지도 몰라. 단지 내 무기가 더 좋았던 것뿐일지도 몰라.

"생각하지 마, 늙은이."

노인이 큰 소리로 말했다.

"그저 가던 대로 배를 저어 가는 거야. 그러다 때가 오면 받아들이면 돼."

하지만 나는 생각을 안 할 수가 없어. 노인은 생각했다. 그게 내게 남은 전부이지 않나. 내게 그것하고 야구밖에 뭐가 더 있나. 내가 상어 놈의 골통을 찌른 걸 봤다면 위대한 디마지오가 어찌 생각할지 모르겠군. 그리 대단한 일이랄 것도 없겠지. 사내라면 누구나 할 수 있는 일 아닌가. 하지만 디마지오, 자네는 내 손이 발뒤꿈치뼈처럼 불리한 조건이었다고 생각하나? 나야 알 수 없지. 헤엄치다 가오리의 침에 찔려 종아리가 마비되고 호되게 아팠을 때 말고는 발뒤꿈치에 문제가 있었던 적이 없었거든.

"뭔가 유쾌한 일을 생각해 봐, 늙은이."

노인이 말했다.

"이제 시시각각 집이 가까워지고 있어. 또 짐이 20킬로그램이나 줄어서 그만큼 더 가벼워졌어."

배가 조류의 안쪽으로 들어가면 으레 무슨 일이 벌

어지는지 노인은 잘 알고 있었다. 하지만 지금으로서는 어찌해볼 방도가 없었다.

"아니야, 방법이 있어."

노인이 큰 소리로 말했다.

"그래, 노 끝에 칼을 잡아매 두면 돼."

그래서 노인은 노 손잡이를 겨드랑이에, 그리고 돛자락을 발밑에 끼운 채 그 일을 했다.

"이젠 됐어."

노인이 말했다.

"나는 여전히 힘없는 늙은이야. 하지만 무방비 상태는 아니야."

상쾌한 미풍이 불어왔고 항해는 순조로웠다. 고기의 앞쪽 부분만 바라보고 있으려니 노인에게서 불현듯 희망이 되살아났다.

희망을 품지 않는다는 것은 어리석은 일이야. 노인은 생각했다. 더구나 내 믿음으로는 그건 죄악이야. 죄에 대해서는 생각하지 말자. 지금은 죄 말고도 생각할 문제가 넘치게 많아. 게다가 나는 죄가 뭔지도 잘 모르잖아. 나는 죄가 뭔지도 잘 모르고 그걸 믿고 있는지도 확실치 않아. 그 고기를 죽인 것도 물론 죄일지 몰라. 내가 살아가기 위해, 또 많은 사람을 먹이기 위해 그랬다 해도 그건 죄가 맞을 거야. 하지만 그리 치면 죄 아닌 게 있을까? 죄에 대해 생각하지 말자. 그런 생각을 하기에는 너무 늦은 데다 죄에 대한 생각을 하는 일로 돈 버는 사람들은 따로 있으니까. 죄에 대해서는 그들이 생각하라지. 물고기가 물고기로 태어난 것처럼 너는 어부로 태어난 거야. 성 베드로도, 디마지오의 아버지도 한때 어부였어.

그러나 노인은 자신과 관련된 일이라면 뭐든 생각하기를 좋아했다. 그리고 읽을 책도 없고 라디오도 없었기 때문에 생각이 꼬리를 물었고, 죄에 대해서도 계속 생각이 났다.

너는 단지 살기 위해, 혹은 식량을 살 고기를 얻으려 그 고기를 죽인 게 아니었어. 노인은 생각했다. 너는 긍지를 위해서, 또 네가 어부이기 때문에 고기를 죽인 거야. 너는 고기가 살아 있을 때도 사랑했고, 죽은 뒤에도 사랑하지 않았나. 고기를 사랑한다

146

면 죽인다고 죄가 되지는 않아. 아니, 혹시 더 큰 죄가 되는 건 아닐까?

"생각이 너무 많군, 늙은이."

노인이 소리 내어 말했다.

하지만 너는 덴투소를 죽이는 걸 즐기고 있었어. 노인은 생각했다. 그놈도 너처럼 날생선을 먹고 살아. 썩은 고기를 밝히지도 않고 다른 상어들처럼 대식가도 아니야. 아름답고 고상하며 두려움을 모르는 고기야.

"내가 그놈을 죽인 건 정당방위였어."

노인이 큰 소리로 말했다.

"게다가 멋지게 죽여주지 않았나."

어차피 세상 모든 것들은 나름의 방식으로 또 다른 것들을 죽이며 살아가고 있어. 고기 잡는 일은 나를 살아가게 해주기도 하지만 나를 죽이기도 하지. 아니, 나를 살아가게 해주는 건 그 아이야. 나 자신을 너무 속여서는 안 돼.

노인은 뱃전 밖으로 몸을 내밀고 상어가 물어뜯긴 고기의 살점을 조금 잡아뗐다. 그리고 그 살점을 씹으면서 고기의 질과 좋은 맛을 음미했다. 살이 소고기처럼 단단하고 즙도 많았지만 붉은색은 아니었다. 힘줄도 없어 시장에 내놓으면 최고가로 팔릴 게 틀림없었다. 하지만 고기 냄새가 물속으로 퍼져 나가는 것만은 막을 방도가 없었기에 노인은 아주 힘든 시간이 다가오고 있음을 알 수 있었다.

미풍은 꾸준히 불고 있었다. 부는 방향이 북동쪽으로 살짝 틀어졌지만 바람이 아예 잦아진다는 조짐은 아니었다. 노인은 전방을 주시하고 있었는데 돛이나 선체, 혹은 배에서 올라오는 연기 같은 건 보이지 않았다. 다만, 뱃머리 쪽에서 이쪽저쪽으로 튀어 오르는 날치와 누런 해초만 보일 뿐이었다. 새도 한 마리 보이지 않았다.

노인은 그 뒤로 두 시간을 항해하면서 뱃고물에 앉아 가끔 청새치 살을 씹으며 쉬기도 하고 기력을 돋우려 애썼다. 바로 그때 상어 두 마리 중 앞서 오는 놈을 발견했다.

"아이!"

노인이 외마디 소리를 냈다. 그 말은 다른 말로 뜻

을 옮길 수 없는, 못이 손을 뚫고 나무에 박히는 걸 느낄 때 무의식적으로 터져 나오는 비명 같은 것이었다.

"갈라노(스페인어로 '멋지거나 용감하거나 우아한 것'을 뜻하지만 여기에서는 상어를 가리킴.)군."

노인은 소리 내어 말했다. 첫 번째 상어 뒤로 다가드는 두 번째 상어의 지느러미도 보였는데 삼각형 모양의 갈색 지느러미와 빗자루로 쓸고 가는 듯한 꼬리 움직임으로 보아 코가 삽처럼 생긴 상어라는 것을 알 수 있었다. 두 놈은 냄새를 맡고 한껏 신이 나 있었지만 허기가 심해 얼이 빠진 데다 흥분한 나머지 냄새를 맡았다 놓쳤다 했다. 그러면서도 놈들은 점점 더 다가들고 있었다.

노인은 돛을 비끄러매고 키의 손잡이도 끼워 놓았다. 그러고는 칼을 묶어둔 노를 집어 들었다. 아픈 손이 말을 제대로 안 듣는지라 될 수 있는 한 힘을 빼고 노를 잡았다. 노인은 손을 좀 풀어줄 요량으로 살살 폈다가 오므렸다. 그러다 고통을 받아들인 손이 더는 움츠러들지 않게 두 손에 바짝 힘을 주고서 상어가 다가오는 것을 노려보았다. 이제 넓적하고 편평하며 삽처럼 뾰족한 상어 머리와 희끄무레하고 널따란 가슴지느러미가 보였다. 혐오스럽고 냄새도 역하며 산 고기, 죽은 고기 가리지 않는 데다 배가 고프면 노든 키든 닥치는 대로 물어뜯을 놈들이었다. 바다에 뜬 채 잠을 자는 바다거북의 다리나 물갈퀴를 잘라 먹는 것도 바로 이놈들이고 배가 고프면 생선의 피 냄새나 생선 진액이 묻어 있지도 않은 사람에까지 덤벼들었다.

"아이!"

노인은 짧은 비명을 토했다.

"이 갈라노 놈들, 어디 덤벼보아라."

상어들이 다가왔다. 그런데 마코상어가 다가올 때와 사뭇 달랐다. 한 놈이 방향을 틀어 배 밑으로 들어가 모습을 감추는가 싶더니 이내 고기를 물어뜯고 잡아당기는 바람에 노인은 배가 흔들리는 걸 느꼈다. 다른 한 놈은 가늘게 쭉 째진 누런 눈깔로 노인을 쳐다보고 있다가 반원 모양의 주둥이를 있는 대로 벌리고, 이미 뜯겨나간 고기 살점을 잽싸게 덮쳤다. 골과 척추가 만나는 선이 갈색 머리통과 등짝 위에 뚜렷이 드러났다. 노인은 그 접점에 노에 묶인 칼을 냅다 쑤셔 넣고는 다시 빼서 이번에는 고양이 눈 같은 그 누런 눈깔을 찔렀다. 고기를 놓고 미끄러지듯 떨어져 나온 상어는 죽어가면서도 입에 문 살점을 삼키고 있었다.

 다른 상어가 고기를 물어뜯고 있는 바람에 배는 여전히 흔들리고 있었다. 노인이 아딧줄(풍향에 따라 돛의 방향을 조절하는 밧줄.)을 풀자 배가 옆으로 돌면서 배 밑에 있던 상어가 드러났다. 상어가 보이자 노인은 뱃전 너머로 몸을 내밀어 칼을 들이꽂았다. 그러나 몸뚱이를 치기만 했을 뿐 껍질이 너무 딱딱해 칼이 제대로 박히지 않았다. 그 충격으로 노인은 두 손은 물론이고 어깨까지 통증을 느꼈다. 상어는 머리를 세우고 쏜살같이 다가왔다. 상어가 주둥이를 물 밖으로 내민 채 고기를 덮치는 걸 보고 노인이 놈의 넙데데한 머리 한복판을 정통으로 찔렀다. 노인은 칼을 뽑아 다시 한번 정확하게 같은 부위를 찔렀다. 그래도 상어가 주둥이를 처박은 채 고기에 들

러붙자 노인은 이번에 그 왼쪽 눈을 찔렀다. 상어는 악착같이 떨어져 나가지 않았다.

"안 떨어져?"

노인은 이렇게 말하며 상어의 척추와 골통 사이에 칼을 꽂았다. 이번에는 칼이 수월하게 박히면서 상어의 연골이 끊어지는 게 느껴졌다. 노인은 노를 거꾸로 들고 노깃을 상어 이빨 사이에 끼워 넣어 주둥이를 벌렸다. 그대로 노깃을 비틀자 미끄러지듯 떨어져 나가는 상어에 대고 노인이 말했다.

"잘 가라, 갈라노야. 바다 깊이깊이 가라앉아라. 가서 네놈 친구나 만나거라. 어미일지도 모르겠다만."

노인은 칼날을 닦고 노를 내려놓았다. 그러고는 아딧줄을 찾아 잡아매 돛에 바람을 가득 싣고 항로를 따라 배를 몰아갔다.

"저놈들이 고기의 사분의 일은 뜯어 먹었을 거야. 그것도 제일 맛있는 부위를 말이지. 이게 꿈이라면 좋았을걸. 이 고기를 잡지 않았더라면 좋았을걸. 미안하구나, 고기야. 그래서 모든 게 잘못된 거야."

말을 멈춘 노인은 이제 정말 고기를 보고 싶지 않

앉다. 피가 빠져나가고 파도에 시달린 고기는 거울 뒷면처럼 생기 없는 은색을 띠고 있었는데 그나마 줄무늬는 여전했다.

"이렇게 멀리 나오는 게 아니었어, 고기야."

노인은 또다시 중얼거리기 시작했다.

"너를 위해서도, 나를 위해서도 말이다. 미안하다, 고기야."

노인은 계속 혼잣말을 했다.

"이제는 칼이 잘 묶여 있나 살피고 줄이 끊긴 데가 없나 봐둬야 해. 상어가 더 올 테니 손도 제대로 쓸 수 있게 살펴놔야지. 이럴 때 칼을 갈 숫돌이 있었으면 좋았을 텐데."

노 끝에 묶은 줄을 확인한 뒤 안타까운 듯이 노인이 말했다.

"숫돌을 가져왔어야 했어."

넌 많은 걸 챙겨왔어야 했어. 노인은 생각했다. 하지만 챙기지 않았지. 지금 네게 없는 걸 생각하고 있을 때가 아니야. 여기 있는 것으로 네가 무엇을 할 수 있을지 생각해.

"참 금쪽같은 조언을 많이도 주는군. 신물이 다 날 정도야."

노인은 큰 소리로 말했다. 그는 키를 겨드랑이에 끼고 배가 앞으로 나아가는 대로 두 손을 바닷물 속에 담갔다.

"마지막 놈이 얼마나 뜯어 먹었는지 모르겠군."

노인이 말했다.

"그래도 덕분에 배는 훨씬 가벼워졌어."

노인은 물어뜯긴 고기의 아랫부분에 대해서는 생각하고 싶지 않았다. 상어가 쿵 하고 들이받을 때 살점이 뜯겨나갔을 테니 지금쯤 온 바다의 모든 상어를 다 불러들일 만큼 고속도로처럼 널찍한 길을 닦아 놓았다는 것도 잘 알았다.

한 사람이 겨우내 먹을 수 있을 고기였어. 노인은 생각했다. 그런 생각은 집어치워. 그저 쉬면서 남은 고기를 지킬 수 있게 손이나 잘 간수하시지. 지금 물속에 진동할 냄새에 비하면 내 손에서 나는 피비린 내쯤은 아무것도 아니겠지. 게다가 손에서 피도 많이 나지 않아. 이렇다 하게 벤 상처도 없고 말이야.

혹시 피를 흘려서 왼손에 쥐도 안 나는 건가?

이제는 무슨 생각을 해야 하지? 노인은 생각했다. 아무것도 없어. 아무것도 생각하지 말고 다음에 올 상어 놈들이나 기다려. 정말로 이게 꿈이라면 좋겠군. 노인은 생각했다. 하지만 누가 알아? 일이 잘 풀릴지도 모를 일이야.

다음에 나타난 놈도 코가 삽처럼 생긴 상어 한 마리였다. 놈은 여물통을 앞에 둔 돼지처럼 다가왔다. 사람 머리가 들어갈 정도로 입이 큰 돼지가 있다면 딱 그 꼴이었다. 노인은 상어가 고기에 달려들도록 두었다가 노 끝에 매 놓은 칼로 골통을 찔렀다. 그런데 상어가 한 번 돌며 몸을 홱 뒤로 젖히는 바람에 칼날이 부러지고 말았다. 노인은 키를 잡으려고 자리를 잡으면서 그 큰 상어가 작아지며 천천히 가라앉는 모습을 굳이 쳐다보지는 않았다. 그 광경은 늘 노인을 매료시키는 광경이었다. 그러나 이번에는 눈길도 주지 않았다.

"내게는 아직 작살이 있어."

노인이 말했다.

"이게 제구실 못 한다 해도, 노가 두 개에 키 손잡이와 작은 몽둥이가 있어."

이제 저놈들이 날 꺾어놓겠군. 노인은 생각했다. 몽둥이로 상어를 때려죽이기에 나는 너무 늙었어. 그래도 나는 해보겠어. 내게 노와 작은 몽둥이, 키 손잡이가 있는 한은 말이야.

노인은 두 손을 다시 바닷물에 담갔다. 늦은 오후로 접어들면서 노인의 눈에는 바다와 하늘 외에는 아무것도 보이지 않았다. 아까보다 바람이 세졌고, 노인은 어서 뭍이 보이기만을 바랐다.

"넌 지쳤어, 늙은이."

노인이 중얼거렸다.

"마음속까지 다 지쳤어."

해가 떨어지기 바로 전, 상어 떼가 다시 노인에게 덤벼들었다. 고기가 물속에 닦아 놓았을 광대한 추격로를 따라 갈색 지느러미가 다가오는 게 보였다. 놈들은 냄새를 찾아 갈팡질팡하지 않았다. 나란히 헤엄치면서 배를 향해 곧장 다가왔다.

노인은 키를 고정하고 아딧줄을 잡아매고는 뱃고

물 밑으로 손을 뻗어 몽둥이를 꺼냈다. 부러진 노를 톱으로 잘라 60센티미터 정도 길이로 만든 몽둥이였다. 손잡이가 달려 한 손으로도 쉽게 다룰 수 있었다. 노인은 오른손에 힘을 주면서 몽둥이를 단단히 쥐고 상어 떼가 다가오는 것을 지켜보았다. 두 마리 다 갈라노였다.

첫 번째 놈이 고기를 제대로 물게 둬야 해. 고기를 물면 콧등이나 정수리를 후려치자. 노인은 생각했다.

상어는 두 마리가 바짝 붙어 다가왔는데 노인은 먼저 온 상어가 고기의 은빛 옆구리에 이빨을 박는 것을 보고 몽둥이를 높이 치켜들었다가 놈의 널찍한 정수리를 힘껏 내리쳤다. 몽둥이를 내려칠 때 고무 같은 탄성과 더불어 딱딱한 뼈에 부딪히는 느낌이 있었다. 상어가 고기에서 미끄러지듯 떨어져 나가자 노인은 다시 한번 있는 힘껏 놈의 콧등을 후려쳤다.

주변에서 왔다 갔다 하던 다른 상어가 이번에는 주둥이를 있는 대로 벌리고 다가들었다. 그놈이 들이받다시피 고기에 이빨을 박을 때, 그 주둥이 옆으로 고기 살점이 허옇게 떨어져 나가는 게 보였다. 노인이 몽둥이를 휘둘러 머리를 치자 상어는 노인을 힐끗 쳐다보더니 이빨을 박은 살을 홱 뜯어냈다. 상어가 그 살점을 삼키려고 뒤로 빠지자 노인이 다시 몽둥이를 휘둘러 내려쳤지만, 그 육중하고 단단한 탄성만 전해졌다.

"오너라, 갈라노 놈들아!"

노인이 외쳤다.

"다시 덤비란 말이다!"

상어가 잽싸게 달려와 고기에 다시 주둥이를 처박자 노인이 상어를 후려갈겼다. 그것도 아주 호되게, 될 수 있는 한 높이 쳐들었다가 내리쳤다. 이번에는 몽둥이가 상어의 골통 밑바닥 뼈에 닿는 게 느껴졌고, 상어가 살점을 어설프게 물어뜯고 떨어져 나가는 순간, 노인은 같은 지점을 한 번 더 내려찍었다.

노인은 그놈이 돌아오는지 지켜보았지만, 그 어떤 상어도 보이지 않았다. 그런데 잠시 시간이 흐르자, 한 마리가 빙빙 돌면서 물 위를 헤엄쳐오는 것이 보였다. 다른 한 마리는 지느러미조차 보이지 않았다.

저놈들을 죽일 수 있으리라 기대하지는 말자, 노인은 생각했다. 젊었을 때라면 또 모르지만. 그래도 심한 상처를 입었으니 두 놈 다 성한 상태가 아닐 거야. 두 손으로 몽둥이를 쓸 수 있었다면 처음 놈은 확실히 죽일 수 있었어. 이렇게 늙었어도 말이야.

노인은 고기를 보고 싶지 않았다. 그 살이 이미 절반은 뜯긴 것을 잘 알고 있었기 때문이다. 노인이 상어와 싸우는 동안 해는 이미 기울고 있었다.

"곧 어두워질 거야."

노인이 말했다.

"그러면 아바나의 불빛이 보이겠지. 혹시 동쪽으로 멀리 왔다면 새로운 해안의 불빛이라도 보일 거야."

이제는 그리 멀지 않을 텐데. 노인은 생각했다. 마을 사람들이 너무 많이 걱정하지 않았으면 좋겠군. 물론, 그 아이는 분명 나를 걱정하고 있겠지. 그래도 그 아이는 날 믿어줄 거야. 늙은 어부들은 많이들 걱정할 테지. 다른 사람들도 나를 걱정할 거야. 나는 참, 인심 좋은 마을에 살고 있구나.

고기가 너무 심하게 망가져 버렸기에 노인은 더 말을

걸 수 없었다. 그때, 무언가 머리에 떠올랐다.

"반쪽 고기야."

노인이 말했다.

"온전했던 고기야. 내가 너무 멀리 나와 미안하구나. 내가 우리 둘을 모두 망쳤어. 하지만 우리 둘이 상어도 여러 마리 죽이고 다른 물고기도 꽤 많이 상하게 했지. 이 반쪽 고기야, 넌 이제껏 몇 마리나 죽였니? 머리통에 그 뾰족한 창 같은 주둥이를 쓸데 없이 달고 다니지는 않았을 게 아니냐."

노인은 고기 생각을 하는 게 좋았고, 그 고기가 자유롭게 헤엄칠 수 있었다면 상어를 어떻게 했을지 생각하는 것도 좋았다. 고기 주둥이를 잘라 그걸로 상어 놈들과 대적했더라면 좋았을 텐데. 노인은 생각했다. 하지만 내게 도끼도, 칼도 없지 않았나.

어쨌든 그런 게 있어 노 끝에 잡아맸다면 얼마나 근사한 무기가 되었겠나? 그랬다면 우리 둘이 놈들에 맞서 싸울 수 있었을 게야. 이제 밤중에 상어 놈들이 오면 넌 어찌할 생각인가? 넌 무엇을 할 수 있나?

"놈들과 싸우겠어."

노인이 말했다.

"나는 죽을 때까지 싸울 거야."

그러나 날은 어두워졌는데 불꽃이나 불빛 따윈 보이지 않았고 꾸준히 돛을 당겨주는 바람이 전부라 노인은 자신이 혹시 이미 죽은 게 아닐까 하는 생각이 들었다. 노인은 두 손을 마주 포개서 손바닥을 느껴보았다. 손은 죽어 있지 않아서 그 손을 폈다 오므리는 것만으로 노인은 삶의 고통을 소환할 수 있었다. 뱃고물에 몸을 기대보고 자신이 죽지 않았다는 것을 알 수 있었다. 아픈 어깨가 그리 알려주었다.

고기를 잡으면 외겠다고 약속한 기도문이 있었지. 노인은 생각했다. 하지만 지금은 너무 지쳐서 기도문을 욀 수 없어. 부대를 찾아 어깨나 덮는 게 좋겠군.

노인은 뱃고물 쪽에 누워 키를 잡고는 하늘에서 혹시 어떤 빛이라도 보이는지 지켜보았다. 고기는 아직 반쪽이 남았어. 노인은 생각했다. 운이 좋으면 앞쪽

반만이라도 가져갈 수 있겠지. 내게도 어느 정도의 운은 있어야 하지 않은가. 아니, 있을 게 뭔가? 노인이 생각했다. 너무 멀리 나오면서 너는 네 운을 스스로 저버린 셈이야.

"어리석은 생각은 그만해."

노인이 큰 소리로 말했다.

"정신 차리고 키나 잘 잡아. 아직 운이 남았을지도 몰라. 행운을 파는 곳이 있다면 좀 사고 싶군."

그런데 무엇으로 사지? 노인이 스스로 물었다. 잃어버리고 없는 작살, 부러진 칼, 쓸모없는 이 두 손으로 행운을 살 수 있을까?

"살 수 있을지도 모르지."

노인이 말했다.

"바다에서 보낸 팔십사 일로 사보려 하지 않았나. 이 바다도 거의 내게 운을 팔 요량을 했어."

한심한 생각은 하지 말자. 노인은 생각했다. 행운이 찾아오는 모양은 각양각색인데 누가 알아볼 수 있단 말인가? 하긴, 요구하는 대로 값을 치를 용의가 있으니 어떤 모양이든 나도 좀 갖고 싶긴 해. 이제 불빛이 좀 보여주면 좋으련만. 노인은 생각했다. 원하는 게 많기도 하지. 하지만 이게 지금 당장, 내가 원하는 거야. 키를 잡은 자세를 좀 더 편하게 하려다 노인은 문득, 통증을 느끼고 또다시 자신이 죽지 않았음을 확신했다.

밤 열 시쯤이라는 생각이 들 무렵, 아바나의 불빛이 물 위에 반사되는 게 보였다. 처음에는 달이 뜨기 전에 하늘이 약간 밝아진 것처럼 희미했다. 그러다 그 빛은 거세지는 미풍을 타고 거칠어지는 바다 너머로 꽤 또렷해졌다. 노인은 불빛 안쪽으로 방향을 잡으며 이제 곧 물가에 닿겠다고 생각했다.

이제 다 끝났어. 노인은 생각했다. 하지만 아직 안심할 수는 없다. 상어 놈들은 다시 쳐들어올지 모른다. 만약에 이 어둠 속에서 무기도 없이 사람이 상어를 상대로 어떻게 싸울 수가 있을까?

노인은 몸이 뻣뻣해지는 것을 느꼈다. 몸 여기저기 난 상처며 혹사당한 부위가 차가운 밤공기에 닿으니 욱신거렸다. 다시 싸울 일이 없으면 좋으련만. 노인이 생각했다. 제발이지 또 싸워야 하는 사태가 일어나지 않으면 좋겠어.

그러나 자정 무렵, 다시 싸워야 하는 일이 일어났고, 노인은 이번에는 싸워봐야 별 소용없다는 걸 금세 알 수 있었다. 상어 놈들이 한 무더기로 몰려온 것이다. 노인에게는 놈들의 지느러미가 물살을 가르며 그리는 선과 놈들이 물고기를 덮칠 때 내는 인광만 보였다. 노인이 상어 머리에 몽둥이질을 하는데 놈들의 이빨이 고기에 박히는 소리와 배 아래에 있는 놈이 고기를 물어뜯을 때마다 배가 흔들거렸다. 노인은 뭔가 닿는 소리가 나는 곳에 필사적으로 몽둥이질했지만, 무언가 몽둥이를 잡아채나 싶더니 그만 몽둥이마저 사라져 버렸다.

그러자 노인은 키에서 손잡이를 떼 두 손으로 그걸 부여잡고 때리고 내리찍으며 연신 휘둘러댔다. 하지만 이제 상어는 뱃머리 쪽으로 앞서거니 뒤서거니, 또는 떼로 밀고 올라와 고기를 물어뜯었다. 놈들이 다시 몰려오려 몸을 틀 때 뜯겨나간 고기 살점이 물속에서 빛을 발하는 게 보였다.

마침내 한 마리가 고기 머리를 덮쳐올 때 노인은

모든 게 끝났음을 알았다. 노인이 상어 머리통에 키 손잡이를 냅다 갈겼는데 놈은 좀체 뜯기지 않는 육중한 고기 머리에 이빨을 있는 대로 처박고 있었다. 노인은 키 손잡이를 다시 한 번, 두 번, 세 번 연거푸 휘둘렀다. 키 손잡이가 부러지는 소리가 들리자 노인은 그 부러진 끝을 상어 몸통에 쑤셔 박았다. 그 뾰족한 끝이 살을 뚫고 들어갔다는 느낌이 오자 노인은 한 번 더 힘껏 찔렀다. 상어가 고기를 놓고 뒹굴며 떨어져 나갔다. 그게 몰려들었던 상어 떼의 마지막 놈이었다. 이제 고기는 놈들이 뜯어 먹을 살도 남아 있지 않았다.

노인은 이제 거의 숨을 쉴 수 없는 지경이었다. 입안에 뭔가 이상한 맛이 돌았다. 그것은 구리 같고 들쩍지근했다. 순간 노인은 두려움을 느꼈다. 다행히 그 양이 많지는 않았다. 노인이 바다에 침을 뱉으며 말했다.

"이거나 먹어라, 갈라노 놈들. 네놈들 꿈에서나 사람을 죽여보시지."

노인은 자신이 마침내, 그리고 도저히 어찌해볼

도리 없이 완전히 패배하고 말았다는 사실을 깨달았다. 뱃고물로 돌아가 보니 부러져 들쭉날쭉해진 키 손잡이가 방향타의 갸름한 구멍에 그런대로 맞아 배를 몰아갈 정도는 되었다. 노인은 어깨에 부대를 두르고 배의 진로를 잡았다. 이제 배는 가볍게 나아갔고 노인은 아무 생각도, 느낌도 없었다. 이제 보이는 모든 걸 지나치며 노인은 집이 있는 항구를 향해 될 수 있는 대로 요령 있게, 기민하게 배를 몰고 갔다. 밤이 되자, 식탁에 흘린 빵 부스러기를 줍듯, 상어 떼가 고기 잔해에 덤벼들었다. 그러나 노인은 상어 떼에 눈길도 주지 않았고 배를 몰아가는 일 외에는 다른 어떤 것에도 관심을 두지 않았다. 배옆구리에 붙어 있던 무거운 고기가 없어 배가 아주 가볍게 잘 달린다는 느낌만 있었다.

배에는 아무 문제가 없구나, 노인은 생각했다. 배는 온전해. 부러진 키 손잡이 말고는 상한 데가 없어. 키 손잡이는 바꿔 달면 그만이지.

노인은 이제 배가 조류의 안쪽에 들어왔다는 것을 느꼈다. 해안을 따라 늘어선 해변 마을의 불빛이

166

보였다. 어디쯤 와 있는지 알 수 있었기에 집으로 돌아가는 것은 일도 아니었다.

누가 뭐래도 바람은 우리의 벗이야, 노인은 생각했다. 그리고 덧붙였다. 항상 그렇다는 것은 아니고. 저 거대한 바다에는 우리의 벗도 있고 적도 있어. 침대는 어떤가? 노인은 생각했다. 침대는 내 친구야. 침대는 아주 쓸모 있어. 우리 인간이 패배했을 때 특히 그렇지. 침대가 그리 쓸모 있는 줄은 미처 몰랐어. 그런데 나는 무엇에 패배했나?

"아무것도 아니야."

노인이 큰 소리로 말했다.

"그저 내가 너무 멀리 나갔기 때문이야."

이윽고 마을의 작은 항구로 배가 들어갔을 때, 테라스의 불이 모두 꺼져 있어 마을 사람들 모두 잠자리에 든 걸 알 수 있었다. 산들바람이 점점 더 강해져서 이제는 제법 거세게 불고 있었다. 그러나 항구 안은 조용했고, 노인은 바위 아래쪽의 조그만 자갈밭에 배를 댔다. 도와줄 사람이 없어 노인은 혼자 할 수 있는 데까지 배를 뭍으로 바짝 갖다 댔다.

그러고는 배에서 내려 배를 바위에다 단단히 붙들어 맸다.

노인은 돛대를 눕히고 돛을 둘둘 말아 묶었다. 그러고는 돛대를 들어 어깨에 메고 언덕길을 오르기 시작했다. 노인은 자신이 얼마나 고단한지 비로소 깨달았다. 잠시 걸음을 멈추고 뒤돌아보니 가로등 불빛 속에 고기의 커다란 꼬리가 조각배의 뱃고물 뒤로 우뚝 솟아 있는 게 보였다. 허옇게 뼈가 드러난 등줄기와 뾰족한 주둥이가 달린 시커먼 머리 사이는 휑하니 비어 있었다.

노인은 다시 언덕길을 밟아가기 시작했는데 꼭대기에서 그만 넘어져 돛대를 어깨에 멘 그대로 잠시 누웠다. 일어나보려 했지만, 너무 힘들어 돛대를 어깨에 메고 앉아 길 쪽을 바라보았다. 저 멀리서 고양이 한 마리가 뭔가 일이 있는 듯 바삐 지나갔고 노인은 그 고양이를 쳐다보았다. 그러다 다시 길 쪽을 한참 바라보았다.

마침내 노인은 돛대를 내려놓고 자리에서 일어섰다. 그리고 돛대를 들어 어깨에 메고 길을 따라 올라갔다.

노인은 오두막에 도착할 때까지 다섯 번이나 주저앉아 쉬어야 했다.

오두막으로 들어선 노인은 벽에 돛대를 기대 세웠다. 어둠 속에서 물병을 찾아내 물을 마셨다. 그러고는 침대에 벌렁 드러누웠다. 담요를 끌어와 어깨부터 등과 다리를 덮은 다음에 엎드려서 얼굴을 신문지에 파묻었다. 양팔은 침대 밖으로, 손바닥은 위쪽으로 한 채 잠이 들었다.

아침에 소년이 오두막 문을 열고 안을 들여다보았을 때도 노인은 잠들어 있었다. 바람이 너무 세차게 불어 유자망 어선들조차 바다에 나갈 상황이 아니라 소년은 느지막이 일어나 아침마다 들르던 오두막을 찾은 것이었다. 소년은 곤하게 잠들어 있는 노인 곁으로 다가와 숨 쉬는 걸 확인하고 노인의 두 손을 보고는 울기 시작했다. 소년은 커피를 가져오려 가만히 오두막을 나와 길을 따라 내려가는 내내 엉엉 울었다.

어부들이 노인의 배 주위에 모여 배에 묶여 있는 걸 보고 있었는데 바지를 걷고 물에 들어가 있던 한 사람이 뼈만 남은 물고기의 길이를 줄로 가늠하고 있었다.

소년은 굳이 내려가지 않았다. 이미 배에 다녀왔고 소년을 대신해서 한 어부가 배를 살펴보며 뒤처리를 하고 있었다.

"어르신은 좀 어떠시냐?"

한 어부가 큰 소리로 물었다.

"계속 주무세요."

소년이 대답했다. 어부들이 자기가 우는 걸 봤지만 소년은 개의치 않았다.

"아무도 할아버지를 안 깨우면 좋겠어요."

"코에서 꼬리까지 5.5미터야."

고기 크기를 재던 어부가 소리쳤다.

"아마 그럴 거예요."

소년이 대수롭지 않다는 듯이 말했다. 그러고는 테라스로 들어가 커피 한 잔을 주문했다.

"뜨겁게 해 주세요. 우유와 설탕을 듬뿍 넣어 주시고요."

"더 필요한 건 없니?"

"네, 없어요. 나중에 할아버지가 뭘 드실 수 있나 볼게요."

"굉장한 고기더구나."

테라스 주인이 말했다.

"저런 고기는 한 번도 본 적 없어. 어제 네가 잡은 두 마리도 꽤 괜찮았다만."

"그까짓 것, 제가 잡은 고기는 아무것도 아닌걸요."

소년은 말하다 또 울기 시작했다.

"너도 뭐라도 좀 마시겠니?"

주인이 물었다.

"괜찮아요."

소년이 말했다.

"대신 사람들한테 산티아고 할아버지를 번거롭게 하지 말라 전해주세요. 곧 돌아올게요."

"내가 마음 아파하더라고 전해다오."

"네, 고맙습니다."

소년이 고개를 끄덕이며 말했다.

소년은 뜨거운 커피가 든 깡통을 조심스럽게 들고 오두막으로 갔다. 그리고 노인이 깰 때까지 곁에 앉아 있었다. 어쩌다 한 번 잠에서 깨는 듯싶더니 노인은 이내 다시 깊은 잠에 빠져들었고 소년은 길 건너로 나가 커피를 데울 나무를 구해왔다.

마침내 노인이 잠에서 깼다.

"일어나지 마세요."

소년이 걱정스럽게 말했다.

"우선 이걸 좀 마셔보세요."

소년이 유리잔에 커피를 조금 따르자 노인이 받아 마셨다.

"그놈들한테 내가 졌어, 마놀린."

노인이 말했다.

"놈들에게 제대로 지고 말았어."

"하지만 그 고기가 할아버지를 이긴 건 아니었어요. 잡아 온 고기는 아니라는 말이에요."

"그래. 그건 정말 그렇지. 내가 진 건 그 뒤야."

"페드리코 아저씨가 배와 장비를 살피고 있어요. 고기 머리는 어떻게 하실 거예요?"

"페드리코에게 토막 내서 고기 잡는 미끼로 쓰라 하려고."

"창 같은 주둥이는요?"

"원하면 네가 가지렴."

"좋아요. 정말 가지고 싶어요."

소년이 말했다.

"이제 그 일을 잊고 다른 계획을 세워야지요."

"사람들이 나를 찾아다녔니?"

"네. 해안 경비대와 비행기까지 동원됐는걸요."

"바다는 넓고 배는 작으니 찾기 어려웠을 테지."

자신과 바다만이 아니라 말할 상대가 있다는 게 얼마나 좋은지 노인은 새삼 깨달았다.

"네가 많이 보고 싶었단다."

노인은 이어 말했다.

"너는 뭘 잡았니?"

"첫날에 한 마리요. 둘째 날에 한 마리, 셋째 날은 두 마리 잡았어요."

"정말 잘했구나."

"이젠 다시 저랑 함께 잡으러 가요."

"아니야. 나는 운이 없어. 운이 다한 사람이야."

"아니, 운이라니요?"

소년이 의아하다는 표정으로 말했다.

"운 같은 게 뭐 대수라고요. 그 운은 제가 가지고 가죠 뭐."

"네 가족들이 뭐라 하겠니?"

"상관없어요. 저도 어제 두 마리 잡았지만, 아직 배울 게 많으니 이제부터는 할아버지와 같이 나갈 래요."

"제대로 된 도살용 창을 하나 장만해서 배에 늘 싣고 다녀야겠어. 창날은 고물 포드 자동차의 용수철을 써서 만들 수 있을 거야. 날은 과나바코아(아바나에서 동쪽으로 약간 떨어진 곳에 있는 마을.)에 가서 갈아오면 돼. 날은 날카로워야 하는데 담금질을 너무 많이 하면 안 돼, 잘 부러질 수 있으니까. 내 칼은 이미 부러지고 말았어."

"제가 칼을 하나 더 구해다 드리고 용수철도 갈아올게요. 그런데 이 거센 브리사는 며칠이나 계속될까요?"

"사흘은 가겠지. 어쩌면 좀 더 오래일지도 모르고."

"제가 다 잘 챙겨놓을게요. 할아버지는 어서 그 손

이 낫는 것에만 신경 쓰도록 하세요.”

“손은 낫게 할 방도를 알고 있으니 걱정 말아라. 간밤에 뭔가 이상한 걸 뱉어냈는데 가슴 안쪽에서 뭔가 부러지는 느낌이 들더구나.”

“그것도 얼른 치료하세요.”

소년이 말했다.

“이제 누우세요, 할아버지. 깨끗한 셔츠를 가져다 드릴게요. 뭔가 드실 것도요.”

“내가 없는 사이 온 신문이 있으면 좀 갖다 주렴.”

노인이 말했다.

“빨리 나으셔야 해요. 제가 할아버지께 배울 게 많으니 많이 가르쳐 주셔야 하잖아요. 대체 그동안 얼마나 고생하신 거예요?”

“아주 고생했지.”

노인이 말했다.

“드실 음식과 신문을 가지고 올게요.”

소년이 말했다.

“약방에 가서 손에 바를 약도 사 올게요.”

“고기 머리는 페드리코에게 잊지 말고 꼭 가지라

하렴."

"네, 잊지 않고 꼭 말할게요."

소년은 오두막에서 나와 닳아빠진 산호초 길을 내려가며 또 엉엉 울었다.

그날 오후, 테라스에 관광객 일행이 찾아왔다. 빈 맥주 깡통과 죽은 물고기 꼬치구이가 흩어진 사이로 바다를 내려다보던 한 여자가 거대한 꼬리를 달고 있는 엄청나게 크고 긴 하얀 등뼈를 발견했다. 그것은 물결을 따라 이리저리 흔들리며 떠 있었고, 항구 어귀 저 밖에서는 동풍이 거센 파도를 끊임없이 일으키고 있었다.

"저게 뭐죠?"

이제 쓰레기 신세가 되어 파도에 쓸려가기만 기다리고 있는 거대한 물고기의 등뼈를 여자가 가리키며 물었다.

"티뷰론(스페인어로 상어라는 뜻으로 특히 서인도제도와 중앙아메리카 근처에 사는 크고 사나운 상어를 가리킴.)입니다."

웨이터가 말했다.

"상어의 일종이지요."

176

웨이터는 그동안 이 해변에서 일어났던 일을 나름 대로 설명하려 했다. 그러자 그녀가 호들갑스럽게 말했다.

"상어 꼬리가 저리 멋있고 아름다운 줄 몰랐어요."

"나도 몰랐군."

여자와 동행인 남자가 말했다.

길 위쪽 오두막에서 노인은 다시 잠을 자고 있었다. 여전히 얼굴을 파묻고 엎드린 채 잠들어 있었고 소년이 곁에 앉아 노인을 지켜보고 있었다. 노인은 사자 꿈을 꾸고 있었다.

작품해설

　헤밍웨이는 1936년 〈에스콰이어〉지 4월호에 자신의 배인 필라호로 낚시를 즐기며 목격한 경험인 《푸른 대양에서: 멕시코 만류 통신》을 기고했었다. 쿠바의 늙은 어부가 거대한 청새치를 잡았지만, 상어들의 습격을 받아 청새치의 살을 대부분 뺏기고 실신 상태로 돌아왔다는 내용이다.

　이 구상을 바탕으로 헤밍웨이는 1950년에 본격적으로 집필에 들어가 1952년 9월 1일 〈라이프〉지에 《노인과 바다》를 발표했다. 이어 일주일 뒤 《노인과 바다》는 스크리브너 출판사에서 출간되었다.

이 작품은 구상에서 하나의 완결된 작품으로 세상에 빛을 보기까지 적어도 십육 년이 걸린 셈이다.

이렇게 발표된 《노인과 바다》는 출간되자마자 독자들의 열광적인 호응을 얻었다. 이 작품을 게재한 〈라이프〉지가 발행 이틀 만에 5백만 부나 팔렸고, 스크리브너 출판사에서 인쇄한 단행본 초판이 5만 부나 되었다는 사실이 말해주듯이, 이 작품은 헤밍웨이 인생의 걸작으로 높이 평가되었고 이듬해인 1953년에는 헤밍웨이에게 퓰리처상까지 안겨주었다. 이러한 성공은 1954년 노벨문학상 수상까지 이어졌고, 《노인과 바다》는 세계문학 사상 불후의 명작 중 하나로 자리 잡아 오늘날까지 전 세계 수많은 독자에게 감동을 주고 있다.

20세기 미국 문단의 거장이자 노벨문학상 수상자로 유명한 어니스트 헤밍웨이는 격정적인 삶을 살다 간 행동주의 작가였다. 헤밍웨이는 고등학교를 졸업한 이후부터 생을 마감한 순간까지 이탈리아, 프랑스, 스페인, 쿠바, 아프리카 등 세계 곳곳을 누비며 군인, 기자, 작가의 신분으로 활동했다. 그러면서 쌓은 경험은 헤밍웨이의 인생에 큰 영향을 미쳤으며 그의 작품 세계의 기초가 되었다.

평소 운동과 사냥 같은 거친 남성적 활동을 좋아했던 헤밍웨이는 그의 작품에 생생한 현장감과 남성적인 생명력을 녹여냈다. 이러한 특징은 작가 자신의 파리 체류 생활을 기반으로 한 《해는 다시 떠오른다》와 이탈리아 세계대전 참전 경험을 녹여 낸 《무기여 잘 있거라》, 스페인 내전 취재를 바탕으로 한 《누구를 위하여 종은 울리나》등의 작품에 잘 드러나 있다.

《노인과 바다》는 한 인간이 처한 역경을 인내로써 극복해 낸다는 이야기를 통해서 엮어 나가고 있다. 노인이 홀로 바다에서 다른 어부들에게 없는 신념과 용기를 가지고 강인한 인내력으로 영웅적인 투쟁을 하는 것이다. 헤밍웨이 자신이 일생을 통하여 얻은 인생관 및 세계관의 집약적 표현인 극기주의가 노인을 통하여 소설적인 기교를 거쳐 표현되었다고 볼 수 있다. 헤밍웨이는 노인을 통하여 믿음과 용기와 단순하면서도 치밀한 헤밍웨이 자신의 행동규범을 제시했다고 볼 수 있다. 순탄하지 않은 인생을 살아 나가는 데 있어서 용기는 꼭 필요한 것이며, 이 작품 속에는 특히 고통을 참고 견디는 극기가 잘 나타나 있다.

사실 《노인과 바다》는 그 길이도 짧은 편이지만 줄거리 자체도 아주 간단하다. 주인공인 노인은 84일간 고기 한 마리 잡지 못하고 허탕을 쳐도 실망하는 일 없이 큰 고기를 꼭 잡겠다는 신념에 차 있는, 투쟁에 있어서 패배를 인정하지 않는 사람이다. 85일째 되는 날 새벽, 소년의 전송을 받으며 쿠바 해안에서 멀리 떨어진 깊은 멕시코 만류로 혼자서 노를 저어 나간다. 망망대해로 나온 첫째 날 정오 무렵에, 마침내 큰 청새치를 낚는 데 성공한다. 청새치를 잡아 죽일 때까지 이틀 낮과 이틀 밤을 사투하면서 여러 가지 육체적 고통과 정신적 고통을 잘 견디어

간다. 산티아고 노인은 청새치와의 사투를 벌이면서 그의 의지력을 과시한다. 하지만 배 옆에 고기를 매달고 돌아오던 중 상어들의 연이은 공격을 받아 고기는 뼈와 머리만 남고, 노인은 결국 또다시 빈손과 지친 몸으로 집에 돌아와 깊은 잠에 빠져든다. 이야기 속의 사건은 이것이 거의 전부다. 다시 말해 노인이 고기와 벌이는 사투 외에 이렇다 할 사건이나 갈등이 전혀 없이, 노인이 낚시에 걸린 고기에 끌려가며 고통과 허기를 견디는 과정과, 노인의 생각과 독백만으로 구성되어 있다. 등장인물도 노인을 빼면 작품 초반과 말미에 잠깐 나오는 소년이 거의 전부다.

하지만 이렇게 단순한 《노인과 바다》의 줄거리는 헤밍웨이 특유의 문체와 그의 인생관이 결합하여 온갖 악조건 속에서 외로운 싸움을 벌이면서도 우아함과 치열한 정신을 잃지 않는 노인의 모습을 그려 내 우리에게 감동을 선사한다.

그러나 《노인과 바다》가 그저 영웅적인 거친 남성의 모습만 그렸다면, 퓰리처상이나 노벨문학상 수상과 같이 큰 평가를 받지 못했을 것이다. 《노인과 바다》를 읽는 이의 마음을 움직이는 부분은 노인의 치열한 싸움 이면에 존재하는 고독과 나약함일 것이다. 노인은 자연이라는 엄청난 힘에 맞서 싸우고 있으면서도 외로움을 느낀다. 이는 노인의 독백, 특히 그가 "그 애(소년)가 있었으면 좋았을 텐데."라고 몇 번이고 중얼거리는 부분에서 잘 드러난다. 노인은 이 처절한 고독에 대한 위안을 자연과의 교감을 통해 얻는다. 배에 앉아 지친 몸을 잠시 쉬는 새에게 말을 걸기도 하고, 자신과 사투를 벌이는 고기를 '형제'라 부르며 존경심을 표현하기도 하며, 바다를 둘러보며 지친 심신을 달래기도 한다. 노인이 자연과 느끼는 교감은 소박한 문체와 어우러져 아름답게 그려진다.

 이 작품에서 나타난 또 다른 흥미로운 점은 노인의 짧지만 치열한 여정이 헤밍웨이의 인생과 닮았다는 것이다. 노인은 온갖 고난과 역경을 감내하면서도 끝내 고기를 잡았으며, 그 고기가 상어 떼에게 뜯어 먹히는 상황에서도 굴하지 않고 맞선다. 그렇게 치열한 싸움을 벌이고 난 후 완전히 녹초가 되어 집으로 돌아간다. 시련이 끝난 후 지칠 대로 지쳐 침대에 눕는 노인의 모습은 치열한 삶을 산 대가로 고통스러운 말년을 보냈던 헤밍웨이의 모습을 떠오르게 한다. 《노인과 바다》를 발표한 이후, 헤밍웨이는 구년이라는 세월 동안 질병과 노쇠, 사라져 가는 창작력 등 인간의 한계와 철저히 투쟁했다. 산티아고가 보여 주는 도전과 불굴의 정신은 그저 허구로 창조된 것이 아니라, 치열함의 끈을 끝까지 놓지 않으려 한 헤밍웨이의 실제 삶이 보여서 더욱 큰 감동을 준다.

사실 《노인과 바다》는 너무나 잘 알려진 작품이라 이미 많은 번역본이 나와 있다. 하지만 기존 번역본들이 정확성과 가독성에서 개선될 부분이 적지 않다는 것을 발견하고, 우리 책에서는 매끄러운 우리말 표현에 중점을 두고 헤밍웨이 특유의 간결한 문체도 표현하기 위해 노력하여 옮긴 것임을 밝힌다.

작가연보

1899년 7월 21일, 미국 시카고 일리노이 주 오크파크에서 태어난다. 사냥과 낚시 등 야외 활동을 좋아하는 아버지와 음악적 소양이 깊고 신앙심이 두터운 어머니의 영향을 받으며 성장한다. 매년 여름, 미시간에 있는 별장에서 가족과 함께 평화로운 시간을 보낸다. 이러한 가족 분위기는 그의 가치관과 문학성에 많은 영향을 미친다.

1913년 오크파크 고등학교에서 학교 주간지인 〈그네〉의 편집을 맡으며 기사나 단편을 쓴다. 교내 잡지 〈타뷰러〉에도 단편 〈색채의 문제〉, 〈매니투의 심판〉, 〈세피징겐〉 등을 발표하며 문학성을 발휘하는 한편, 수영과 축구 등 운동선수로도 활약한다.

1917년 대학 진학을 포기하고 군대에 지원하나 아버지의 반대로 군인의 길을 단념한다. 대신 숙부의 소개로 〈캔자스시티 스타〉의 수습기자로 입사하는데, 이 시기에 헤밍웨이 특유의 강건한 문체가 확립되기 시작한다.

1918년 제1차 세계대전에 참전하기 위해 〈캔자스시티 스타〉를 사직하고 미 육군에 자원하지만, 권투 연습 중에 다친 눈 때문에 입대가 거부된다. 하지만 이탈리아군 소속 적십자 부대의 앰뷸런스 운전사에 지원하고, 한 달도 못 되어 피아베 강변의 포살타에서 다리에 중상을 입고 밀라노 육군병원에세 달 동안 입원한다.

1919년 제1차 세계대전이 휴전한 후 고향으로 돌아온다. 아그네스에게 나이가 어리다는 이유로 청혼을 거절당하고, 미시간의 별장에서 휴식을 취하며 재충전의 시간을 갖는다.

1920년 친구의 소개로 캐나다로 이주해 〈토론토 스타 위클리〉지와 〈토론토 데일리 스타〉지의 임시 기자를 맡아 잡문 기사를 담당한다. 가을에는 시 카고로 돌아와 〈아메리카 생활 협동조합〉의 월보를 편집하고, 소설가 셔우드 앤더슨과 친분을 맺고 시 카고 그룹의 작가들을 사귀기 시작한다.

1921년 봄에 〈토론토 스타 위클리〉에 글을 기고 하는 기자로 일한다. 어린 시절부터 잘 알고 지낸 여덟 살 연상인 해들리 리처드슨과 결혼하고, 〈토론토 스타 위클리〉지와 〈토론토 데일리 스타〉지의 해외 특파원 자격으로 파리로 건너간다.

1922년 파리에 머물며 국외 추방 작가들을 만나 교류하며 소설작법 수업을 받는다. 그리스·터키 전쟁 취재를 위해 유럽 각지를 여행하다가 미발표 원고를 분실한다.

1923년 임신 중인 아내와 함께 이탈리아를 여행 하며 투우에 매료된다. 파리에서 첫 소설인 《세 편의 단편과 열 편의 시(Three Stories and Ten

Poems)》를 한정판으로 출간한다. 장남 존 해들리 가 태어나고, 파리에서 계속 소설을 쓰기 위해 〈토론토 데일리 스타〉를 그만둔다.

1924년 파리로 건너가 본격적으로 작가 수업을 시작하고, 새로 창간한 〈트랜스애틀랜틱 리뷰〉지의 편집부에 들어가 제임스 조이스, 도스 패서스 등과 교제한다. 청소년기의 체험을 바탕으로 한 단편집 《우리들의 시대에(In Our Time)》를 파리에서 출간한다. 스페인을 두 번째로 여행한다.

1925년 파리에서 《위대한 개츠비(The Great Gatsby)》의 저자 프랜시스 스콧 피츠제럴드를 만나 친분을 쌓았으며, 집필 활동을 계속한다. 아내와 어린 시절의 친구들과 함께 세 번째 스페인 여행을 떠난다. 미국판 《우리들의 시대에》가 출간되고, 오스트리아 슈룬스에서 겨울을 보낸다.

1926년 스콧 피츠제럴드에게 미국 유수의 출판사

스크리브너의 편집자인 맥스웰 퍼킨스를 소개받는다. 그곳에서 장편소설 《봄의 계류(The Torrents of Spring)》를 출간한다. 그 이후 그의 작품은 대부분 이곳에서 나온다. 아내 해들리와 두 번째 아내가 될 폴린 파이퍼와 함께 스페인을 여행한다. 시월에 출간한 《해는 다시 떠오른다》가 베스트셀러가 되면서 이름을 널리 날리기 시작했고 '잃어버린 세대'의 대표 작가가 된다.

1927년 별거 중이었던 아내 해들리와 정식으로 이혼하고, 〈보그〉지의 파리주재 기자이며, 세인트 루이스 출신인 폴린 파이퍼와 재혼한다. 독실한 가톨릭 신자였던 두 번째 아내의 영향으로 가톨릭으로 개종한다. 두 번째 단편집인 《여자 없는 남자들 (Men Without Women)》을 출간한다.

1928년 파리를 떠나 미국으로 돌아와 플로리다 주의 키웨스트에 자리를 잡고, 차남인 패트릭이 태어난다. 〈무기여 잘 있거라〉를 탈고하고 수정을 가

할 무렵, 지병과 땅 투기 실패로 괴로워하던 아버지가 권총으로 자살해 충격을 받는다.

1929년 〈스크리브너〉지에서 연재한 작품 《무기여 잘 있거라(A Farewell to Arms)》가 수차례의 퇴고를 거친 뒤에 단행본으로 출간된다. 이 작품은 네 달 동안 무려 팔만 부가 팔리며 상업적으로도 문학적으로도 인정받는다.

1930년 사슴 사냥을 하던 중에 자동차 사고로 팔에 심한 부상을 입어 병원에 입원한다

1931년 셋째 아들인 그레고리 핸콕이 태어난다.

1932년 투우를 소재로 한 논픽션 《오후의 죽음(Death in the Afternoon)》이 출간된다.

1933년 열네 편의 단편을 수록한 세 번째 단편집 《승자에겐 아무것도 주지 마라(Winner Take

Nothing)》가 출간된다. 아내와 함께 유럽과 동아프리카로 여행을 떠난다.

1934년 아내와 함께 간 아프리카에서 아메바 이질에 걸려 나이로비로 되돌아와 요양을 한다. 완쾌한 후에 다시 수렵 여행을 갔다가 뉴욕으로 돌아온다. 〈코스모폴리탄〉지에 《부자와 빈자(To Have and Have Not)》 제1부 〈어느 도항〉을 발표한다. 구입한 배에 '필라'라는 이름을 붙이고, 아마추어로서는 가장 큰 다랑어를 잡는다.

1935년 낚시를 하던 중 사고로 다리에 총상을 입는다. 〈스크리브너〉지에 아프리카 여행기를 연재하고 《아프리카의 푸른 언덕》이라는 제목으로 출간한다.

1936년 〈코스모폴리탄〉지에 《부자와 빈자》의 제2부 〈상인의 귀환〉을 발표한다. 〈에스콰이어〉지에 아프리카 여행을 배경으로 한 단편 〈킬리만자

로의 눈(The Snow of Kilimanjaro)〉을, 〈코스모폴리탄〉지에 〈프랜시스 매코머의 짧고 행복한 생애(The Short Happy Life of Francis Macomber)〉를 발표한다.

1937년 북미신문연합인 NANA 통신의 특파원 자격으로 스페인에 파견되어 내전을 취재한다. 스페인 내란에 대한 저술 및 강연을 통해 모금 활동을 해 사만 달러를 개인적으로 정부에 지원한다. 스페인에서 영화 〈스페인의 대지〉 제작에 참여하고, 정부군에 소속해 프랑스 작가 앙드레 말로를 만난다. 팔월에 다시 스페인 마드리드로 넘어가 희곡 〈제오열〉을 집필하고, 그 무렵 〈콜리어스〉지의 특파특파원으로 마드리드에 머물던 여류 작가 마사 겔혼과 사랑에 빠진다. 시월, 《부자와 빈자(To Have and Have Not)》를 출간한다.

1938년 선전 영화 대본인 《스페인의 대지(The Spanish Earth)》를 출간하고, 단편집 《제오열과

최초의 사십구 편(The Fifth Column and the Forth-Nine Stories)》을 출간한다. 단편 중 〈제오열〉은 그의 유일한 희곡 작품이다.

1939년 폴린 파이퍼와 별거하고, 쿠바 아바나로 이주해 저택을 구입하고 '전망 좋은 농장'이라 이름을 붙인다. 그 이후 이 저택에서 많은 작품을 집필했다. '전망 좋은 농장'은 현재 헤밍웨이 박물관으로 사용되고 있다.

1940년 뉴욕의 시어터길드에서 희곡 〈제오열〉이 공연된다. 유월에 희곡 작품 《제오열(The Fifth Column)》이 단행본으로 출간되고, 시월에 출간된 《누구를 위하여 종은 울리나(For Whom the Bell Tolls)》가 이듬해까지 약 오십만 부가 판매되고 품절 사태가 벌어지는 기록을 세우며 베스트셀러가 된다. 폴린과 이혼하고 마사 겔혼과 세 번째 결혼을 한다.

1941년 중일전쟁의 특파원 자격으로 아내와 함께 중국을 여행한다.

1942년 제2차 세계대전 중 미 해군에 자원해 자신의 배인 필라호를 개조해 독일군 잠수함을 수색했지만 한 척도 발견하지 못한다. 전쟁 이야기를 담은 《전장의 인간(Men at War)》을 편집한다.

1944년 1943년에 〈콜리어스〉지의 특파원 자격으로 유럽의 전쟁을 취재한다. 런던에서 신문기자이자 특파원인 메리 웰시를 만난다.

1945년 메리와 함께 탄 자동차가 사고를 당해 크게 다치고, 세 번째 부인인 마사와 이혼하게 된다.

1946년 메리 웰시와 네 번째 결혼을 하고, 미국 아이다호 주 케첨에 머문다.

1947년 전시 보도원으로서의 공적을 인정받아 미국 정부로부터 '브론즈 스타' 훈장을 받는다.

1949년 아내 메리와 함께 북이탈리아를 취재하기 위해 이탈리아에 체류하며 집필에 전념한다.

1950년 십 년 만에 《강을 건너 숲 속으로 (Across the River and Into the Trees)》를 출간했으나 혹평을 받는다.

1952년 〈라이프〉지 9월호에 《노인과 바다(The Old Man and the Sea)》 전문을 싣고, 단행본으로 출간한다. 출간과 동시에 엄청난 호평을 받는다.

1953년 어마어마한 찬사를 얻은 《노인과 바다》로 퓰리처상을 수상한다. 여름에는 스페인을 여행하고, 가을에는 〈룩〉지의 특파원으로 아내와 함께 아프리카를 여행한다.

1954년 아프리카 우간다에서 비행기 사고를 당해 구조용 비행기로 옮겨지던 중 또 사고가 나 그가 사망했다는 뉴스가 보도된다. 간신히 목숨을 건졌고, 노벨 문학상을 수상하는 영예를 얻지만 건강 때문에 시상식에는 참석하지 못한다.

1959년 메리와 함께 미국으로 돌아온다. 건강이 매우 악화되어 집필을 하지는 못한다.

1961년 우울증, 알코올중독, 고혈압, 편집증에 시달리다, 자택에서 엽총에 의한 자살로 보이는 의문의 죽음으로 생을 마감한다. 아이다호 주 선밸리에 묻힌다.

1964년 유작 《파리는 날마다 축제(A Moveable Feast)》이 출간된다.

1966년 칠월, 선밸리에 세운 헤밍웨이 기념상의 제막식이 열린다.

1970년 유작 《해류 속의 섬들(Islands in the

Stream)》이 출간된다.

1972년 유작 《닉 애덤스 이야기(Nik Adams Stories)》가 출간된다.

1985년 유작 《위험한 여름(The Dangerous Summer)》이 출간된다.

1986년 유작 《에덴 동산(The Garden of Eden)》이 출간된다.

1987년 《어니스트 헤밍웨이 단편 전집(The Complete short Stories of Ernest Hemingway)》이 출간된다

1999년 7월 헤밍웨이 탄생 100주년을 기념하여 헤밍웨이의 아들 패트릭의 편집으로 《여명의 진실(True at First Light)》이 출간된다.

옮긴이 북러버

북러버는 전 세계 다양한 언어로 쓰인 작품을 많은 사람이 우리말로 쉽고 즐겁게
읽을 수 있도록 번역하고 기획하는 사람들의 모임입니다.
번역한 책으로는 버금세계명작시리즈 〈톨스토이 단편선〉, 〈생텍쥐페리 명작선〉,
〈알퐁스 도데 단편선〉, 〈데미안〉 등이 있습니다.

살면서 꼭 읽어야 할 노인과 바다

발행일 초판 1쇄 2025년 5월 20일

지은이 어니스트 헤밍웨이 **옮긴이 북러버**
펴낸이 강주효 **마케팅** 이동호 **편집** 이태우 **디자인** 하루
펴낸곳 도서출판 버금 **출판등록** 제353-2018-000014호
전화 032)466-3641 **팩스** 032)232-9980
이메일 beo-kum@naver.com
블로그 blog.naver.com/beo-kum
제조국 대한민국
주의사항 종이에 베이거나 긁히지 않게 조심하세요.

ISBN 979-11-93800-16-4 03840
값 14,000